ウィークエンド・シャッフル

筒井康隆

角川文庫
21354

目次

佇むひと

徹夜をして、やっと四十枚ほどの短篇小説をひとつ書きあげた。毒にも薬にもならぬ、つまらない娯楽小説である。毒や薬になるものが書けない時勢なのだからしかたがない、わたしはそう自分に言い聞かせながら原稿用紙をクリップでとめ、封筒に入れた。毒や薬になる小説が自分に書けるかどうかは、なるべく考えないことにした。考えたりすると、そういうものを書きたくなるかもしれないからだ。

封筒を持ち、下駄をつっかけて家を出ると、朝の日ざしが眼に痛かった。一番の郵便集配車がくるまでにはまだ時間があるので、わたしは公園の方へ足を向けた。せせこましい住宅地の中にあるほんの二十坪ほどのその小公園は、午前中は子供もやってこず静かなので、わたしは朝の散歩コースに入れている。公園の中のわずか十数本の木の緑も、今やこの小都市には貴重な存在だ。

歩きながらわたしは、ああ、パンでも持ってきてやればよかったな、と思った。公園には、わたしの好きな犬柱《いぬばしら》が立っているのだ。ベンチの傍に立っていて、毛がバフ色をしていて、雑種だがとても大きく、人なつっこい犬柱なのである。

公園へ行く途中の、小さな煙草屋の横にも一匹の犬柱が立っている。スピッツの血が混った白い雑種で、これは犬柱にされてからまだ日が浅く、ちょっと怪しげな風態をした人間が前を通りかかるときゃんきゃん吠《ほ》えたりする。わたしも下駄穿《ば》きのせいでつい一週間ほど前まではよく吠えられたものだ。そのため、一時はいつも買いに行く煙草屋をかえたぐらいである。今ではもうこの犬柱は、わたしの顔を見ても吠えたりはしない。今朝もわたしが前を通ると、地面から生えた四肢を今にも引っこ抜きそうな様子をし、くーん、くーんと鼻を鳴らした。一度パンをやっただけなのにもうこの有様である。まことに節操がない。

公園へ行くと、今しがた液体肥料の撒布《さんぷ》車が来たばかりらしく、地面が濡《ぬ》れていて、塩素の匂《にお》いがかすかにした。犬柱の横のベンチには、この公園でよく見かける上品な初老の男が腰をおろしていて、あのバフ色の犬柱に肉団子らしいものを食わせていた。犬柱はたいてい食欲旺盛《おうせい》だ。地中に深くおろした根から四肢を通して吸収する液体肥料だけでは物足りないのであろう。何をやってもよく食べる。

「やあ。食いものを持ってきてやってくださったのですか。わたしはうっかりして、いつものパンを忘れてきましてね」と、わたしは初老の男に話しかけた。

初老の男はわたしに柔和な眼を向け、にっこり笑った。「そうですか。あなたもこいつがお好きですか」

「ええ」わたしは彼の隣に腰をおろした。「わたしが以前飼っていた犬に似てるものですから」

犬柱は黒い大きな眼でわたしを見あげ、尻尾《しっぽ》を振った。

「じつはわたしも、こいつに似た犬を飼っていましてね」と、初老の男が犬柱の首筋を掻《か》いてやりながらいった。「その犬は生後三年で犬柱にされてしまいました。ご存じではありませんかな。海岸通りの洋品店とD・P屋の間に、こいつに似た犬柱が立っていましたろう」

「ええ、ええ」わたしはうなずいた。「それじゃ、あれはあなたの」

「ええ。飼犬でした。ハチという名でしたがね。今じゃ完全に植物化して、みごとな杕《けん》の木になっています」

「ああ。あれはいい灌木《かんぼく》になりましたね」わたしは何度もうなずいた。「そういえば、あれはこいつに似ていましたな。血がつながってるのかもしれない」

「で、あなたのお飼いになっていた犬は、どこに植わってますかな」と、初老の男が訊《たず》ねた。

「うちの犬はバフという名でして、これは四年めに町はずれの墓地公園の入口に植えられたんですが」わたしはかぶりを振りながらいった。「可哀想に、植えられてすぐ死んでしまいましたよ。だいたいあの辺へは肥料撒布車があまり行かない。遠いので、わたしも毎日は食いものを運んでやれなかった。植えかたも悪かったんでしょうな。杕《けん》の木になる前に死んでしまったんです」

「ほう。すると、撤去されたんですか」

「いいえ。さいわい腐臭が漂っても差支えない場所だったもので、そのまま抛《ほう》っとかれましてね。今じゃ、もとの場所に立ったままで骨柱《ほねばしら》になってしまって、近所にある小学校の理科のいい教材になっていますよ」

「ほう。そうですか」初老の男は犬柱の頭を撫《な》でた。「こいつは、犬柱になる前には、なんて呼ばれていたんでしょうな」

「犬柱になった犬に、もとの名前で呼びかけてはいけないなんて、変な規則ですね」

そういったわたしに、ちら、と視線を走らせてから、初老の男はさりげなく答えた。

「人間に対する法律を犬にまで及ぼしたわけでしょう。だから犬柱になれば、名前がなくなるわけですよ」犬柱の顎《あご》を掻いてやりながら彼はうなずいた。「もとの名前だけでなく、新しい名前をつけてもいけない。植物には固有名詞がありませんからな」

なるほど、と、わたしは思った。

「原稿在中」と書いてあるわたしの封筒に眼をとめ、彼は訊ねた。「失礼ですが、文章をお書きになるお仕事ですか」

わたしは少しどぎまぎした。「え。はあ、つまらぬものを」

「そうでしたか」初老の男はしげしげとわたしを見てから、また犬柱の頭を撫でた。

「わたしも以前はものを書いておりましたが」彼は含み笑いをした。「書くのをやめて、もう何年になりますかなあ。ずいぶん経《た》ったような気がします」

わたしは初老の男の横顔を見つめた。そう言われてみればどこかで見たことがあるような顔だった。名前を聞こうとしてためらい、わたしはそのまま黙りこんだ。

くです」

初老の男が、ぽつりと言った。「ものを書きにくい世の中になりましたね」

そんな世の中でまだものを書き続けている自分を恥じ、わたしは俯《うつむ》いた。「まったくです」

「あ。これは失礼」初老の男はわたしのしょげ返りかたに、少しあわてた様子で弁解した。「別にあなたを非難したわけではありません。むしろ、恥じるべきはわたしの方でしょう」

わたしはちょっと周囲を見まわしてから彼にいった。「いいえ。わたしは勇気がないから筆を折れないのです。だって、筆を折るということは、やはり社会に対する意思表示なのですからね」

初老の男は犬柱の頭を撫で続けた。

やがて、彼はいった。「ものを書くのを急にやめるというのは、つらいことです。これなら堂々と社会批判をして逮捕されていた方がましだった、そう思う時だってあります。だけどわたしは、貧困を知らずに泰平の夢をむさぼり続けてきた趣味的な人間ですから、安楽な人生を送りたかった。自尊心の強い人間ですから、ひと眼にさらされ嘲《ちょう》笑《しょう》されることにも耐えられない。そこで筆を折った。なさけない話です」彼は笑ってかぶりを振った。「いやいや。こんな話はやめましょう。どこに誰《だれ》の耳があるかわからない」

「そうですね」わたしは話題を変えた。「お住いはこの近くですか」

「ええ。二丁目の、大通りに面して美容院があるでしょう。あそこを入ったところです。檜山《ひやま》といいます」彼はわたしにうなずきかけた。「どうぞお遊びにおいでください。家には妻がいるだけです」

「ありがとうございます」わたしも自分の名を名乗った。

檜山という作家の名は記憶になかった。きっとペンネームで書いていたのだろう。彼の家へ遊びに行くつもりもなかった。作家が二、三人集っているだけで違法集会と見なされてしまう世の中なのである。

「郵便車がくる頃だ」ことさらに腕時計を眺め、わたしは立ちあがった。「これで失礼します」

彼は淋《さび》しげな笑顔をわたしに向けて会釈した。わたしは犬柱の頭をちょっと撫でてやってから公園を出た。

大通りへ出たが、通り過ぎていく車の数だけがやたらに多く、人通りは少なかった。歩道ぎわには高さ三十センチから四十センチくらいの樹《びょう》が植わっている。時おり、植えられたばかりでまだ樹になっていない猫柱《ねこばしら》も見かける。新しい猫柱はわたしの顔を見てにゃあにゃあ鳴いたりもするが、地面から生えている四肢が四本とも植物化したものは、うす緑色になった顔を固くこわばらせ、眼を閉じてしまっていて、ときどき耳をぴくり、ぴくりと動かすだけである。四肢や胴体から枝を生やし、小量の葉を繁らせている猫柱もいて、こういうのは精神状態もほとんど植物的になってしまっているのであろう、耳さえ動かさないのかもしれない。たとえ猫の顔がそこにあっても、こういうものはむしろ梛(びょう)といった方がいいのかもしれない。

犬の場合は、食いものがなくなってきて兇暴《きょうぼう》になり、人に危害を及ぼしたりするから犬柱にした方がいいのだろうが、どうして猫まで猫柱にしてしまうのかな、と、わたしは思った。野良猫がふえすぎるためだろうか、食糧事情を少しでもよくするためだろうか、それとも、都市を緑化するためだろうか。

車道が交差している街かどの大きな病院の横には二本の杁《にん》の木があり、その木と並んで人柱《ひとばしら》がひとり立っている。郵便局員の制服を着た人柱で、ズボンを穿《は》いているため、地面から生えている足がどのあたりまで植物化しているのかはわからない。この人柱は三十五、六歳と思える男で、背が高く、やや猫背である。

わたしは彼に近づき、いつものように封筒をさし出した。「書留速達にしてください」人柱は無言でうなずきながら封筒を受け取り、制服のポケットから切手や書留伝票などを出した。

郵送料を支払ってから、わたしはちょっとあたりを見まわした。人かげはなかった。わたしは彼に話しかけてみることにした。三日に一度は郵便物を頼んでいるのに、まだ、ゆっくりと話したことがなかったからだ。

「あんたは、何をしたんだい」低い声で、わたしはそう訊ねた。

人柱はぎょっとしたようにわたしを見、周囲に眼を走らせてから、仏頂面をして答えた。「必要なこと以外は、おれに話しかけちゃいけないんだぜ。おれだって返事をしちゃいけないことになってる」

「そんなことは、わかってるよ」わたしはじっと彼の眼を見つめてそういった。

わたしがなかなか立ち去らないので、彼は溜息《ためいき》をつきながら返事をした。「給料が安いと言っただけだよ。それを上役に聞かれちまったんだ。実際、郵便局員の給料は安いからね」眼をしょぼしょぼさせながら、傍の二本の杁《にん》の木を顎《あご》でさした。「この人たちもそうだよ。やっぱり給料が安いという不満を洩《も》らしたために」彼はわたしに訊ねた。

「あんたは、このひとたちを知ってるかね」

わたしは片方の杁《にん》の木を指さした。「こっち側の人には郵便物をよく頼んだから、憶《おぼ》えているよ。もう一本の方は知らないな。この近くへ引っ越してきた時から、すでに杁《にん》の木になっていた」

「そっちの人は、おれの友達だったんだ」と彼はいった。

「こっち側の木は、上品な、とてもいいひとだったな。あのひとは係長さんか課長さんじゃなかったのかい」

わたしの問いに、彼はうなずいた。「そう。係長だ」

「腹が減ったり、寒くなったりしないかね」

「さほど感じないな」彼は無表情なままで答えた。「人柱になってしまうと、誰でもすぐ、無表情になる。「もう、だいぶ植物的になってきたんだろうと自分でも思うよ。感じ方だけじゃなく、考え方もな。最初の頃は腹を立てたり悲しんだりもしたが、今じゃどうでもよくなっちまった。ずいぶん腹を減らしもしたが、あまり食わない方が、植物化が早く進むんだってね」彼は光のない眼でわたしを見つめながらそういった。早く杁《にん》の木になれることを望んでいるのだろう。「過激な考え方をするやつには、人柱にする前にロボトミーの手術をするという話だが、おれはそれもされなかった。それでも、ここへ植えられて一か月経つか経たないかで、もう腹も立たないし、だいたい人間社会のことなんかどうでもよくなってしまったね。なんていうのかな、傍観者っていうのかな、その程度の興味しか持てなくなってしまったね」彼はわたしの腕時計をちらと見た。「さあ。もう行った方がいいぜ。そろそろ郵便集配車のやってくる時間だ」

「うん。そうだな」それでもわたしは、まだ立ち去りかねてちょっともじもじした。

「もしかすると」彼はわたしをちらと横眼で見た。「あんた、最近、知りあいの誰かが人柱にされたんじゃないのかい」

一瞬ぎくりとし、彼の顔をじっと見つめてから、わたしはゆっくりとうなずいた。

「うん。じつは、妻が」

「ほう。奥さんが、かい」彼はしばらく興味深げにわたしを観察した。「そんなことじゃないかと思ったよ。さもなければ誰だって、おれなんかには話しかけようとしないものな」うなずいた。「で、何をやったんだね。奥さんは」

「婦人の集りの席で、物価が高いとこぼしたんだ。それだけならよかったんだが、政府の批判をした。ま、わたしは売り出しかけている作家で、その作家の妻だという気負いがそんなことを言わせたんだろうと思うが」

「あんたが作家だってことは、おれ、知ってるよ」

わたしはかぶりを振った。「そこにいた女のひとりが密告したんだ。ま、誰が密告したか、妻にはだいたいの見当はついてるらしいけど」

「こいつはおれの想像だがね」と、彼はいった。「あんたの奥さん、美人じゃなかったのかい」

「うん。まあね」

「だろうと思った。嫉妬《しっと》されたんだよ。女ってやつはよく、平気でそういうことをするからなあ」彼は嘆息した。

「三日前に、駅から県民会館へ行く道の左側の、あの金物屋の横へ植えられたんだ」

「ああ。あそこか」彼はそのあたりのビルや商店のたたずまいを思い出そうとするかのように、ちょっと眼を閉じた。「わりあい静かな通りで、よかったじゃないか」眼を開き、じろりとわたしを見た。「あんた、会いに行ってるんじゃないだろうね。あまり会いに行かない方がいいぜ。奥さんのためにも、あんたのためにもな。その方が、お互いに早く忘れられるし」

「わかってる」わたしはうなだれた。

「何かやらされてるのかい。奥さんは」いささか気の毒そうな口調になり、彼はそう訊ねた。

「いや。今のところ何もやらされてない。ただ立ってるだけだが、それでも」

「おい」郵便ポスト代りの人柱は顎をあげ、わたしの注意を促した。「来たぜ。郵便集配車が。早く行った方がいい」

「あ。うん。そうだな」わたしは彼の声に押されるようにふらふらと二、三歩あるいてから、立ち止り、振り返った。「何か、してほしいことはないか」

彼は頰《ほお》に固い笑いを浮かべ、小さくかぶりを振った。

赤い郵便集配車が彼の傍に停《とま》った。

わたしは肩を落し、病院の前を立ち去った。

行きつけの本屋を覗《のぞ》こうとして、わたしは人通りの多い商店街に入った。本屋には今日あたりわたしの新刊書が出ている筈《はず》だったが、そんなことはもう、ちっとも嬉《うれ》しくなかった。

本屋の少し手前の同じ並びには小さな駄菓子屋があり、その前の道路ぎわには杁《にん》になりかけた人柱が一本立っている。植えられてからそろそろ一年近くになる若い男の人柱である。顔は、もはや緑がかった褐色になっていて、眼も固く閉じてしまっている。高い背を少し折り、やや前屈《まえかが》みになった姿勢のままである。風雨にさらされてほとんどぼろ布に近くなった衣服の間から見える両足も、胴体も、そして両腕も、すでに植物化していて、ところどころからは枝が生え、まるで羽ばたいているかのように肩の上まで大きくさしあげた両腕の先からは、ぽつぽつと緑の若芽がふき出していた。木になってしまったからだはもちろんのこと、表情さえ、もうぴくりとも動かさない。もはや心は、静かな植物の世界へ完全に沈みこんでしまっているのであろう。妻がこんな状態になった時のことを想い、わたしの胸はまたひりひりと痛み出した。忘れよう、忘れようとしている痛みである。

この駄菓子屋のかどを折れてまっすぐ行けば、妻が立っているところへ行けるのだ、妻に会えるのだ、彼女の姿を見ることができるのだ、わたしはそう思った。だが、行ってはいけない、誰に見られるかわからないのだぞ、もし妻を密告したあの主婦たちにでも見咎《みとが》められたら大変なことになる、そう自分に言い聞かせた。わたしは駄菓子屋の前で立ち止り、通りの奥をすかし見た。人通りはいつもと同じか、あるいはいつもより少なかった。大丈夫だ、少しぐらいの立ち話なら、誰しも大目に見てくれる筈なのだ、ほんのひと言ふた言話すだけなのだ、わたしは行くなと叫ぶ自分の声にさからって、いそぎ足に通りへ入っていった。

金物屋の前の道路ぎわに、妻は白い顔をして立っていた。まだ両足ともものままだから、足首から先を地面に埋めただけのように見える。何も見まい、何も感じまいと努めているかのように、彼女は無表情のままで、じっと前方を見つめていた。二日前にくらべ、少し頬がこけていた。通りかかった工員風の男ふたりが妻を指さし、何か下品な冗談を言いあってげらげら笑いながら去っていった。

わたしは彼女に近づいていき、声をかけた。「路子」

妻はわたしを見て白い頰にぽっと血の色を浮かべた。「あなた」乱れた髪を片手でかきあげた。「また来てくれたの。でも、来ちゃいけないのに」

「来ずにいられなかった」

店番をしていた金物屋の主婦がわたしの姿を見、そ知らぬ顔で眼をそむけ、店の奥へひっこんでいった。

金物屋の主婦の心遣《こころづか》いに感謝しながら、わたしはもう二、三歩妻に近づき、向かいあった。「だいぶ、馴《な》れたかい」

彼女はこわばった顔の上へせいいっぱい明るい微笑を作った。「ええ。馴れたわ」

「昨夜、ちょっと雨が降っただろう」

黒い大きな瞳《め》でわたしを見つめたまま、妻は軽くうなずいた。「心配しないでいいの。あまり何も感じないから」

「お前のことを考えたら、寝られない」わたしは俯向《うつむ》いてそういった。「お前が、この通りでじっと立っているんだ。そう思ったら、とても眠れない。昨夜も、傘を持ってきてやろうかと思ったぐらいだ」

「そんなこと、しないで」妻はほんの少し、眉《まゆ》をひそめた。「そんなことしたら、大変なのよ」

わたしの背後を大型トラックが走っていった。白い砂埃《すなぼこり》が妻の髪や肩をうすく覆《おお》ったが、妻はそれをさほど気にしないようだった。

「それに、立っているのはそれほどつらいことじゃないの」わたしを心配させまいとしてかけんめいに、妻は明るく見せかけてそういった。

わたしは妻の表情や喋《しゃべ》りかたに二日前からの微妙な変化を認めていた。以前と比べてことばのはしばしからはやや繊細さがなくなり、感情の起状も少し乏しくなっているようだった。反応が鋭く、明るく陽気で、表情の豊かだった以前の妻をよく知っているだけに、次第に無表情になっていく妻をこうやってずっと傍で見ているのは、さぞ淋しいことだろうな、わたしはそう思った。そして、心臓が凍りつきそうなほど悲しかった。

「ここの人たちは」わたしは金物屋に視線を走らせてから妻に訊ねた。「親切にしてくれるかい」

「やっぱり、人の眼があるから、できるだけわたしを無視しようとしてるみたい。でも根は親切なのよ。いちどだけ、何かしてほしいことがあったら言いなさいって言ってくれたわ。まだ何もしてもらってないけど」

「腹は減らないのか」

かぶりを振った。「食べない方がいいの」やはり人柱の状態がいつまでも続くことには耐えられず、一日も早く木になってしまいたいと望んでいるに違いなかった。「だから、食べものを持ってきたりしないで」わたしを見つめた。「もう、わたしのことは忘れて頂戴《ちょうだい》。お願いだから。わたしも、きっと、特に努力しなくても、あなたのことをだんだん忘れていくんだと思うわ。会いに来てくださるのは嬉しいけど、それだけ苦しみがながびくのよ。お互いに」

「うん。そうだな。でも」妻に何もしてやれなかった自分を恥じ、わたしはまた俯《うつむ》いた。「でも、ぼくは君を忘れないよ」うなずいた。涙が出た。「忘れないからね。絶対に」

顔をあげて妻を見ると、彼女は満面に仏像のような微笑をうかべ、やや光の失《う》せた眼でじっとわたしを見つめていた。こんな笑いかたをしている妻を見るのははじめてだった。もうこれは、すでに妻ではないのだろうか、と、わたしはなかば悪夢を見ているような気持でそう思った。

妻の、逮捕された時に着ていたままのスーツは、ひどく汚れ、皺《しわ》だらけになっていた。だが、着替えを持ってきてやったりすることは、もちろん許されないことなのだ。

わたしは彼女のスカートについたどす黒いしみに眼をとめ、彼女に訊ねた。「それは、血じゃないか。どうかしたのか」

「ああ。これ」妻はややとまどった様子で自分のスカートを見おろし、口ごもりながらいった。「昨夜おそく、酔っぱらいがふたり、わたしに、いたずらしていったの」

「ひどいやつらだ」わたしは彼らの非人間的な行為に、激しい憤りを覚えた。もちろん彼らに言わせれば、妻はすでに人間ではないのだからどんなことをしようとかまうものかというに違いなかった。「だけど、そういうことをしてはいけないんだろ。法律違反なんだろ」

「ええ。そうよ。でも、わたしから訴えるわけにはいかないわ」

むろん、わたしが警察へ行って訴えることもできない。そんなことをすれば今以上に要注意人物と見なされてしまうからだ。

「ひどいやつらだ。なんてことを」わたしは唇を噛《か》んだ。はり裂けそうなほど、胸が痛んだ。「だいぶ、出血したのか」

「ええ。少しね」

「痛くないか」

「もう、痛くないわ」

あれだけ誇りの高かった妻が、今はほんの少し悲しそうな顔をして見せるだけだった。彼女の心の変化に、わたしは驚いた。

数人の若い男女が、わたしと妻をじろじろ見比べながらわたしの背後を通り過ぎていった。

「人に見られるわ」気遣《きづか》わしげに妻がいった。「お願いよ。あなた、やけくそになったりしないでね」

「その心配はない」わたしは自嘲《じちょう》的にうす笑いをして見せた。「ぼくにはとても、そんな勇気はないよ」

「もう、行った方がいいわ」

「君が杁《にん》の木になってしまったら」と、わたしは最後にいった。「申請して、うちの庭へ植え替えてもらってやるよ」

「それはできる筈だよ」

「そんなこと、できるかしら」

「それは、できる筈だ」わたしは大きくうなずいた。

「そうなれば嬉しいんだけど」妻は無表情にそういった。

「じゃ、またな」

「もう、来ない方がいいわ」俯向いて、つぶやくように妻がいった。

「わかっている。そのつもりだ」わたしは力なく答えた。「もう、絶対に来ないつもりだ。しかし、恐らく、来てしまうだろうよ」

わたしたちは、しばらく黙った。

妻が、ぽつりと言った。「さようなら」

「ああ」わたしは歩き出した。

街かどを折れる時、振り返ると、妻は例の仏像のような笑みを浮かべたまま、じっとわたしを見送っていた。

はり裂けそうな胸をかかえて、わたしは歩いた。ふと気がつくと駅前に出ていた。無意識的にいつもの散歩コースへ戻っていたのである。

駅前には小さな喫茶店がある。わたしの行きつけの『パンチ』という喫茶店だ。わたしは店に入り、片隅のボックス席に腰をおろした。コーヒーを注文し、ブラックで飲むことにした。これまでは砂糖を入れて飲んでいたのだ。砂糖もクリームも入れないコーヒーの苦さが身にしみて、わたしはそれを自虐的に味わった。これからはずっとブラックで飲んでやるぞ、わたしはそう決心した。

三人の学生が隣のボックスで、つい最近逮捕され、人柱にされてしまった、ある進歩的な評論家のことを喋っていた。

「銀座《ぎんざ》のど真ん中に植えられたそうだ」

「あのひと、田舎《いなか》が好きで、ずっと田舎にいただろ。だからよけい、そんな場所へ立たされたんだよ」

「ロボトミーをやられたらしいな」

「あのひとの逮捕に抗議して、国会へゲバルトをかけようとした学生たちがいるだろ。あいつらも全部逮捕されて、人柱にされるそうだね」

「三十人ほどいただろ。どこへ植えられるんだ」

「あいつらの大学の前の、ふつう学生通りって呼ばれている道の両側へ、並木みたいに植えられるそうだ」

「通りの名前を変えなきゃあな。ゲバルト並木とか、なんとか」

三人がくすくす笑った。

「よそうや、こういう話。聞かれるとまずいぜ」

「そうだな」

三人は黙ってしまった。

喫茶店を出て家へ向かいながら、わたしは、すでに自分が人柱にされてしまっているような気分になっているのに気がついた。

「枯れすすき」という歌の歌詞だけを変えた、最近流行《はや》っている替え歌を、わたしは小声で口ずさみながら歩き続けた。「おれは街道の人柱。同じお前も人柱。どうせふたりはこの世では」

如菩薩団
にょぼさつだん

朝の八時、夫と長男が出て行き、２ＤＫの亀井家はいつものように彰子ひとりになった。

食卓を片付けてから彰子は洋服簞笥《だんす》を開いた。「何を着ていこうかしら」もう、着るものがなかった。一昨年顫《ふる》えながら買った分不相応なサンローランのスーツは何度着て出たことかわからず、誰からもまたかと思われるにきまっていた。夫の薄給と長男の高い月謝が恨《うら》めしかった。インフレと、特に最近急に高価になってきた食料品や高級衣料品の値段が恨めしかった。教養もない癖に景気がよくて金に不自由していない商店の主婦たちが羨《うらや》ましかった。

三か月前にデパートで買った特価品の地味なスーツを着て、午前十時、彰子は団地アパートを出た。駅までは歩いて約三十五分だった。駅前の商店街のほとんどの店には商品が僅《わず》かしか置かれていなかった。買い溜《だ》めして隠しているんだわ、と、彰子は思った。『ディグ』という喫茶店に入ると、すでに三人の主婦が来ていて、隅のボックスで世間話をしていた。いずれも彰子と同じ団地アパートに住んでいる安サラリーマンの妻で、年齢はいちばん若い片岡夫人が二十八歳、いちばん歳上《としうえ》の伊勢夫人が三十五歳、みんなあらゆる意味での欲求不満が最も嵩《こう》じる年頃なのだが、揃《そろ》って美人だし、喋《しゃべ》りかたや物腰が比較的上品で、服も安物ながら趣味はよく、金持ちの奥様たちと見えぬこともない。「とても不公平だと思いますわ」駿河《するが》夫人がこぼしていた。「わたしたち大学を出た夫婦の子供たちが有名私大や医科大など学費の高い大学へ入学できないで、ろくに高校も出ていないような商売人の子供たちが、寄付金を積みあげてどんどんいい大学へ入るんですものねえ」

「いらいらしてきますわねえ」伊勢夫人がいった。「医科大へ入学できるのはお医者さんの子供ばかりだそうですわよ。いくら成績がよくて医科志望でも、家が裕福でなきゃ駄目なんですわ」

「そりゃあもう、お医者さんって儲《もう》けてますものねえ」片岡夫人がいった。「ちょっと診察してもらうだけで食費四、五日分がとんでしまうんですもの。あれじゃ恐ろしくって、病気になってもお医者にはかかれませんわ」

話しながら待つうちに坂田夫人、渡辺夫人もやってきた。坂田夫人は顔色が悪かった。「主人、退職することになるかもしれないんです」と、彼女はいった。「会社が人員整理するんです」

彰子はおどろいた。「まあ。ご主人は東大を出てられるのに」

「課長さんや部長さんにつけ届けをしなかったからだろうって主人は言っておりますわ。最近じゃ会社で生き残るのもお金持ちの家の人ばかり、なさけなくなりますわ」

「子供たちの行末が思いやられますわねえ」渡辺夫人が溜息《ためいき》をついた。「それじゃ親がいくら苦労していい大学を卒業させてやっても、なんにもならないってことになりますもの」

どうにもならない不満をやりきれない気持で話しあっているうち、最後に卜部《うらべ》夫人と碓井《うすい》夫人がやってきた。

「皆さんお揃いですわね」彰子が言って立ちあがった。「ではそろそろ参りましょうか」

先に来ていた六人はそれぞれ百三十円のコーヒー代をテーブルに置いた。彼女たちにとってはコーヒー代も馬鹿にはならない。最後にやってきた卜部夫人と碓井夫人などは、コーヒーが嫌いなので、余計なものを飲んで金を払わなくてすむよう、いつもわざと待ちあわせ時間からきっかり二十分遅れてやってくる。他の全員も、それを黙認しているのである。

八人の主婦は『ディグ』を出て駅から私鉄の電車に乗った。ラッシュ・アワーが過ぎてがらんと空《す》いた小さな郊外電車はのろのろと走って小さな地方都市の中心部から出はずれ、緑の多い郊外の住宅地に入った。造成されて間もない宅地には、赤や青の屋根をした小綺麗《こぎれい》な小住宅が立ち並んでいる。八人の女は車窓から、今となっては自分たちにはとても手の届きそうにないそれら一戸建ち住宅を複雑な表情でじっと眺めた。

四つめの停車駅で彼女たちは電車を降りた。改札口を出て、数軒の商店にはさまれた大通りを通り、電車と平行に走っている国道を越えると、そこから道はだらだら坂になり、豪壮な邸宅が並んでいる高級住宅地へ入る。主婦たちは坂道を十分ほど登り、塀で囲まれた大きな邸《やしき》の、くぐり戸を嵌《はめ》込んだ木製の門の前に立った。鉄平石の門柱に埋め込まれた標札には羽鳥と書かれていた。

「ここですわ」と彰子がいった。

「まあ。大きなお邸」片岡夫人がほっと吐息をついた。

標札のすぐ下についているインターフォンのボタンを押すと、品のない若い女の声が訊《たず》ねた。

「はい。どちら様」

女中らしいわ、と、彰子は思った。大きな邸に飼われていると、女中までものの言い方が横柄になってくるのね、彰子は苦にがしくそんなことを思いながらインターフォンに答えた。「突然お邪魔いたしまして申しわけございません。金嶺小学校のＰＴＡの者でございますが」金嶺小学校というのはこの羽鳥家の子供たちも通学しているこのあたりでは一流の私立小学校である。「奥様、ご在宅でいらっしゃいましょうか。ちょっとお願いしたいことがございまして。あの、わたくしども役員八人で参ったのでございますが」

「はいっ。あの、ちょっとお待ちください」彰子のしとやかな喋りかたでにわかに声の出し方を変えたその女中らしい若い女は、二、三分待たせたのち、またインターフォンに出た。「奥様がお会いになられるそうです。しばらくお待ち下さい」

子供の学校のＰＴＡ役員が八人もやってきたのでは、追い返すわけにはいかない。会うのが当然である。

待たされている間、女たちは黙って近所の大きな邸宅のたたずまいをじろじろと観察した。いずれの屋敷にも門から玄関までの間に大きな木があり、外から内部を覗《のぞ》きこむことができないようになっている。庭が芝生で建物がガラス張りという、やたら開放的な家が一軒あったが、それは数メートル坂を下ったところにあり、羽鳥家のあたりからは濃緑色をした大きな屋根しか見ることができない。八人の女が羽鳥家の門前の道路に佇《たたず》んでいる間、通行人はひとりもなかった。あたりは静かで、はるか坂下の方からたまにのんびりとクラクションが響いてくるだけだった。

「犬はいないでしょうね」犬嫌いの伊勢夫人が小声で彰子に訊ねた。

彰子はうなずいた。「ご心配なく。おりませんわ」

くぐり戸が開き、派手な色のワンピースを着た女中が顔を出した。高校生くらいの年頃で、色が黒かった。「お待たせしました。どうぞお入りください」

これはウンガロだわ、彰子は女中の服を見てすぐにそう悟った。仕立てがやや流行遅れだから、羽鳥夫人のお古でも頂戴《ちょうだい》したに違いない、彼女はそう思った。

女中に案内され、八人は広い前庭に入った。槙《まき》の木の多い庭で、庭石がたくさんあり、塀の手前には築山《つきやま》があった。庭は日本式だが屋敷は洋館で、ポーチが広かった。車は見あたらなかった。玄関ロビーは二階まで吹き抜けになっていて、階段の踊り場正面には桂華《けいか》の大きな鶴《つる》の絵がかかり、豪華なシャンデリアが垂れ下っていた。彰子たちは玄関のすぐ横の応接室へ通された。応接室は十坪以上の広さで、壁面は下部の腰羽目、中央の白壁、上部の浮彫を施した木の小壁と三段に分れ、床には赤系統のペルシャ絨緞《じゅうたん》が敷きつめられ、黒革の応接セットがふた組も置かれていた。グランド・ピアノがあり、イタリア製らしい大きな洋酒棚があった。八人がじろじろ室内を見まわしていると、羽鳥夫人があらわれた。

「羽鳥でございます。お待たせいたしました。いつも、本当にご苦労様でございます。PTAのお仕事は大変でございましょうね」

彼女は大理石のマントルピースを背にして肱掛《ひじかけ》椅子に腰をおろした。三十二、三歳と思える色の白い美人で、知性的な眼をしていた。物腰や喋りかたは決して高慢ではなく、雰囲気も温かみがあったが、良家の夫人の持つ威厳のようなものが自然に備わっていた。指には二カラットほどのダイヤが光っている。

八人の女は羽鳥夫人に気圧《けお》されてしばらく黙っていた。

「どういうお話でございましょうか」と、羽鳥夫人が訊ねた。

彰子が代表して答えた。「あのう、嘘《うそ》を申しまして、ほんとに申しわけございません。実はわたくしたち、金嶺小学校のPTA役員なんかじゃございませんの」

「え」羽鳥夫人がこころもち眉《まゆ》をひそめた。「まあ。どうしてそんな」

「お子様がおふたりとも金嶺小学校に通っていらっしゃることを調べまして、あのう、そう申せばわたくし共にお会いいただけるかと」彰子は深ぶかと頭を下げた。「ほんとにすみませんでした」

「驚きましたわ」眼を丸くした羽鳥夫人は、ゆっくりと八人の女の顔を眺めまわし、やがて怪訝《けげん》そうな表情で首を傾《かし》げた。「では、いったいどんなご用件ですの。何かの寄付を募《つの》ってらっしゃるのでしょうか。それでしたらお話によっては多少のことをさせていただきますが」

彰子の上品な言葉遣いや、八人の主婦の質素ではあるがセンスのいい着こなし、教養のありそうな態度を見て、羽鳥夫人はまだ、まったく何の警戒心も抱いていない様子である。

彰子はちょっともじもじしながら言った。

「申しあげにくいんですが、実はあの、わたくし共は泥棒でございます」

羽鳥夫人は肱掛けにのせていた片肱をすべらせて、がく、とずっこけた。「なんですって。まあ。ご冗談を」

「いいえ。冗談は申しません。本当なんでございますのよ」

彰子の合図で、坂田夫人と渡辺夫人が立ちあがり、羽鳥夫人の両側に駆け寄って肩を押え、やんわりと腕をねじあげた。卜部夫人と碓井夫人が、買物袋の中から白い麻のロープをとり出した。

「ご免遊ばせね」驚愕《きょうがく》で声も出ない羽鳥夫人に、卜部夫人がいった。「手と足がちょっとご不自由になりますけど、でも、なるべく痛くないようにいたしますので、どうぞ、あのお許しをね」

「あなたがたは、あなたがたは、まあ、なんということを。ご冗談でしょ。ね。ご冗談なんでしょう」あえぎながら、まだ信じられないといった声で羽鳥夫人がいった。「あなたがたのような、上品でおやさしい奥様がたがなぜ、なぜこんなことを」

「本気なんでございますよ。まあ、本当にお驚きのようで、あいすみません」碓井夫人が詫《わ》びながら無抵抗の羽鳥夫人の手首を縛った。「こんなこと、したくございませんの。本当に、したくございませんのよ」

羽鳥夫人の足首を卜部夫人が縛り、さらに、ジャン・パトゥのスーツを着た羽鳥夫人の全身を、坂田夫人と渡辺夫人が肱掛椅子に縛りつけた。

「ここ、お願いしますわね」

彰子はあとを坂田夫人たちにまかせて他の三人を促し、応接室を出た。さっきの若い女中を縛りあげてしまわなければならない。女中は客に出す茶の用意をするため、台所にいるに違いなかった。玄関ロビーから奥へのびている廊下を、四人はしのび足で歩いた。廊下の両側にドアがあったが、右は書庫、左は寝室だった。台所は廊下のつきあたりの左側にあった。

紅茶を淹《い》れていた女中が、人の気配に驚いて振り返った。「まあ。何かご用でしょうか」警戒心を顔へあらわに出し、詰問の口調になっていた。

若い上に育ちが悪いだろうから、いったんあばれ出すと取り押えるのに苦労することになる、彰子はそう思い、にこにこ顔で女中に近づいた。「ご面倒でしょう。ほんとにすみません。お手伝いいたしますわ」

「あら。いいんですのよ」女中は熱い湯の入った薬缶《やかん》をダイニング・テーブルに置いた。その機会を逃さず、彰子と片岡夫人、伊勢夫人が彼女を椅子《いす》に押えつけた。駿河夫人が、用意していたロープで椅子の背にまわした彼女の手首を縛った。

「何するのよ」案の定、女中は足をばたつかせ、口汚なく叫びはじめた。「あんたたち、何よ。はなしてよ。やめてったら」

「まあ。大きな声ですこと」さらにロープで女中をぐるぐる巻きに椅子の背へ縛りつけながら、駿河夫人はいった。「お静かにね。あらあら、暴れては駄目ですわ。スカートの裾《すそ》が乱れますわよ」

だが、スカートの裾の乱れなどは意に介さず、女中は足をはねあげ身をよじり、ますます荒れ狂った。「泥棒。何するのよ。あんたたち泥棒ね。ほどいてよ。ほどいてったら」

「さあ。娘さんらしく、おとなしくしてくださいな」彰子がそう言っても駄目だった。

「泥棒が何言うのさ。泥棒。泥棒」

「まあ。やかましい娘さんですわねえ」片岡夫人が溜息をついた。「早く黙ってもらった方が、いいんじゃありませんかしら」

「そうですわねえ」伊勢夫人も吐息で答えた。「しかたがありませんわね」

ふたりはロープで輪を作り、女中の首にかけようとした。

女中は息をのみ、眼を丸くしてあたりを見まわした。何が自分の身に起ろうとしているかを悟ると、彼女は急に激しく首を振り、ロープから逃れようとしはじめた。「や、やめて。やめて」恐怖に、声がかすれはじめていた。「殺さないで。殺さないで」

「すぐに済みますのよ」女中の足を押えつけながら、気の毒そうに駿河夫人がいった。「あっという間ですから。ね。辛抱してくださいな」

「死ぬのいや。死ぬのいや」女中はがらがら声でわめきはじめた。「死にたくない」

若い娘の往生際《ぎわ》の悪さに、彰子たちは微苦笑を洩《も》らして顔を見あわせた。

ロープが首に巻きついてしまうと、女中は大きな口をあけ、声をあげて泣いた。虫の食った奥歯が丸見えになっていた。「こわい。こわい。わたしこわい」

「ちっともこわくありませんわ」と、創価学会員の片岡夫人がいった。「やさしいやさしい観世音菩薩《かんぜおんぼさつ》のお傍へ行けるのです」

「そんなところ、行きたくない。行きたくない。わたし、まだ若いのに。うわあ」女中は泣き続けた。「死んだら何もない」

泣き顔のあまりの醜さに、彰子はさすがに顔をそむけて彼女に注意した。「さあ。もう死ぬんですからね。もっと、きちんとなさるのが女の慎《つつし》みでしょ」

「生きていたい。生きていたい」涙とよだれで顔をべとべとにし、女中は声を涸《か》らしてひいひいと泣いた。「まだ生きる」

「あきらめきれないようですわね」彰子はしかたなく、片岡夫人と伊勢夫人にうなずきかけた。「お願いいたします」

片岡、伊勢の両夫人がロープの両端を力まかせに引っぱった。女中の顔は鬱血《うつけつ》して赤黒く風船玉のように膨《ふく》れあがり、額と、肉の厚い鼻の横に静脈が太く浮き出た。口からはぼってりと驚くほど部厚くなったピンク色の舌がとび出した。彼女は眼球が落ちそうなほど眼を大きく見開き、背をのけぞらせた。二人の主婦はロープを引き続けた。女中ははけたたましく放屁《ほうひ》し、下品な音を立てて脱糞《だっぷん》した。

彼女が頭を垂れ、ぐったりしてしまうと、さっそく四人の主婦はあたりを物色しはじめた。

「まあっ。亀井さんの奥さん。ご覧なさい。お肉がこんなにたくさんありましたわよ」

いきいきと眼を光らせ、片岡夫人が冷凍庫から肉をひっぱり出した。「霜降りですわ。ああ。特上のロースですわ」

全員が肉を覗きこんだ。

「五〇〇グラムはありますわね」

「これ、一〇〇グラム千二百円ぐらいするんですのよ」

「でも、八人で分けると少しになってしまいますわねえ」

「かちかちに凍りついてますわ。いちどレンジで戻さないと、八つに切れませんわね」

「あっ。わたくし、それじゃお肉はご遠慮しときますわ。かわりにこれいただきますわ」伊勢夫人が冷蔵庫をのぞきこみ、蝦《えび》を出してきた。

「ま、大きな蝦」

「六匹も」

「じゃ、わたしもこれにしますわ」

「わたしはお肉だけで結構です。他の皆さんもお呼びした方がよろしいようね」彰子は廊下を応接室の方へ引き返し、羽鳥夫人の監視をしている四人に声をかけた。「ここはわたしひとりで大丈夫ですから、皆さんお台所へどうぞ。今、お肉と蝦を分けてるんですのよ」

「ま、お肉ですって」

「すばらしいわ」

四人はいそいそと台所へ去った。

「なぜこんなことをなさるんですの」羽鳥夫人が悲しそうな眼で彰子を見あげた。「わたしには、わかりませんわ」

「失礼な言いかたですけど、お話し申しあげてもやっぱり、おわかりにならないと思いますわ」彰子は嘆息した。「だって、こんないい暮しをなさってるんですもの。ほんとにお羨ましいわ」

「わたしの家を選ばれたことには、何か理由がございまして」羽鳥夫人は怪訝そうな表情で訊ねた。

「いいえ。何も」彰子はかぶりを振った。「たまたまご主人が優秀な外科の先生で、外科病院の院長さま、そしてお子達がお二人とも金嶺小学校へ通っていらっしゃること、お昼間は午後二時半まで奥様とお手伝いさんのお二人しかお邸にいらっしゃらないことを知って、皆で相談して、こちらへ伺わせていただくことに決めましたの。それだけですわ。悪意はございませんでした、というとちょっと変ですが、決してこのお邸には恨みもつらみもなかったのです」彰子は羽鳥夫人に近づき、美しい顔をのぞきこんだ。ジヨイの香水がやわらかく匂《にお》った。「ところで、現金を頂戴いたしたいのですが、どちらにお仕舞いでしょうか。現金だけで結構なんでございますけど」

「ええと。寝室の、三面鏡の上の抽出《ひきだ》しに少しございます」羽鳥夫人はあっさりとそう教えた。「それから、およろしければお茶の間に、わたしのエルメスの黒いハンドバッグがあって、その中にも、もっと少しですけどございますから」

「ありがとうございます」彰子は深ぶかと頭を下げた。「お世辞じゃなく、ほんとに奥様はおやさしくていらっしゃいます。わたくしども、現金以外はごく些細《ささい》なものしかいただきませんから。食料品とか」

台所では七人の主婦があちこちの戸棚を開き、貯蔵食料品や野菜などを取り出していた。

「まあ。缶詰《かんづめ》がこんなに沢山」

「あら奥様。鮪《まぐろ》の缶詰はおよしあそばせ。水銀がこわいんですってよ」

「そうですわね。これはよしましょうよ皆様。他にこんなにあるんですもの。牛缶だとか蟹缶《かにかん》だとか」

「わたしはこのアスパラガスの缶詰をいただきますわ」

駿河夫人が食器戸棚の抽出しをあけて言った。「ま、すばらしい。純銀のナイフ、フォーク、スプーン。どれもこれも純銀のセットばかりですわ」

「あら、いけませんわ。それは」と、碓井夫人がたしなめた。

「そうでしたわね。あとに残ったり他人の眼に触れる恐れのあるものは、頂戴しないことになっていましたわねえ」駿河夫人は残念そうに唇を嚙《か》んだ。「口惜しゅうございますわ」

「まあ。お葱《ねぎ》がこんなにありましたわ」

「あら奥様。それは深谷《ふかや》葱といって、とても甘いおいしいお葱なんですのよ。小包になっていますから、きっと現地から直送してきたのでございましょ」

「ええと。亀井さんの奥様の分もとっておいてさしあげないことにはね」

主婦たちはダイニング・テーブルの上に置いた食料品を、楽しげに語りあいながら八等分しはじめた。

「あら。何か臭《にお》いませんこと」坂田夫人が鼻をひくひくさせた。

「ああ。あのお手伝いさんが、さっき息をお引きとりになる前に、お洩らしをなさったのよ」片岡夫人がにっこりと笑った。「だいぶこの世に未練がおありのようでしたわ」

全員がくすくす笑いながら、軽蔑《けいべつ》の眼で女中の死体を見た。

応接室へト部夫人が入ってきた。「亀井さんの奥様。皆さん食料品をだいたい八つにお分けになって、あと、ご主人や子供さんたちの下着類がいただきたいんですって」

「ご主人やお子様の下着類はどちらにお仕舞いでございますかしら」彰子は羽鳥夫人にそう訊ねた。

「新しいものは洗濯室の整理箪笥に入れてございます」と、羽鳥夫人はいった。「それから、もしおよろしければわたくしの肌着は、寝室の箪笥の中に。あの、ろくなものがなくてお恥ずかしいんですけど」

「おそれ入ります。それじゃト部さんの奥様。ここ、ちょっと交代して下さいませんか」

「はい。かしこまりました」

羽鳥夫人の監視にト部夫人を残し、彰子は台所へとって返した。「それじゃ皆さん。下着を頂戴しましょうよ。こちらだそうですわ」

洗濯室は廊下のつきあたりにある、脱衣場兼用の六坪ほどの板の間だった。主婦たちは整理箪笥の前に群がって新品の肌着類を次つぎと取り出した。

「わあ。あたたかそう。莫大小《メリヤス》ですわよ」

「うちの主人肥満体だけど、これ合いますかしら」

「ええと。上の坊ちゃんが五年生でしたわね。じゃあこれ、うちの子にも合う筈《はず》なんだけど」

「あら。駱駝《らくだ》の下着ですわ。こちらのご主人って、寒がり屋さんでいらっしゃるのね」

「あ。それ、ご不要でしたら、わたくし頂戴しますわ。宅の主人も若い癖に寒がりで」

「皆さん」と、彰子がいった。「目立つ柄《がら》ものの靴下はご遠慮あそばせ。おみ足がつきますから」

「おみ足がつくそうですわ」全員がくすくす笑った。

肌着類と、ついでにあたりにあった洗剤やトイレット・ペーパーまで山分けにしてしまい、主婦たちは次に寝室へなだれこんだ。夫婦用の寝室は四坪ほどの広さで、濃淡のグリーンで統一された室内の豪華さに、2DKや3Kで舅《しゅうと》姑《しゅうとめ》子供と一緒で夫婦生活もままならぬ妻たちはほっと羨望《せんぼう》の溜息をついた。

彰子は三面鏡の抽出しから現金をとり出した。「十二万円ありますわ」

「あら。もっと頂けると思っておりましたのに」女たちが顔を見合せた。「八人で分けると、一万五千円ずつですわねえ」

「ちょっとお待ちになって」彰子は寝室を出た。

女たちは簞笥から羽鳥夫人の肌着類をとり出した。

「まあ。綺麗な肌着」

「あら。パリ製ですわ。これもよ。全部そうですわ」

「そのパンティ、たしか二万円ほどする筈ですわ」

「あら。この抽出しの中のレースのものや綿製品はスイス製の品ばかりですわよ」

「ねえ奥様。このスリップ、わたしに似合いますかしら」

「とてもよくお似合いよ」

「残念ですわねえ。こういうものが頂けないなんて」宝石箱を開いて中を覗きこみ、伊勢夫人が泣き声を出した。

「眼の毒ですわ。ご覧になっては駄目」

「ほんと。この衣裳《いしょう》戸棚をご覧なさい。開けなきゃようございましたわ」

全員が造りつけの衣裳戸棚をのぞきこみ、高級婦人服店並みの衣裳の勢揃いに驚き、わあと叫んだ。

「ま。ミンクですわ」

「これは豹《ひょう》ね」

彰子は茶の間から羽鳥夫人のハンドバッグをとって戻ってきた。「皆さん。ここにも六万円ございましてよ。あとはクレディット・カードと小切手帳ですから役には立ちません。それから買物袋の中にお手伝いさんの財布があって、二万五千円入っていました」

「お手伝いさんの癖に二万五千円も持ち歩いてるんでございますね。まあ」

「皆さん」と、渡辺夫人が叫んだ。「ここにいいものがございましたわ」彼女は衣裳戸棚の下の方から、高級店の店名を記したたくさんの紙の手提げ袋をとり出した。「頂戴したものをこれに入れて持って帰りましょう」

「それも、あまり目立つデザインのものはお使いになりませんようにね」彰子が念を押した。

八人の主婦が、それぞれ自宅から持ってきた買物袋と、衣裳戸棚にあった紙の手提げ袋に戦利品をしこたま詰めこんで両手にぶら下げ、ふたたび応接室に勢揃いした。

「ほんとにお騒がせいたしまして申しわけありません」彰子は一同を代表してていねいに羽鳥夫人に詫びた。「これで頂戴いたしたいものは全部頂戴いたしました」

「あなたがたは、こんなことを何度もおやりなのですか」ちっとも泥棒そうでない癖に、手ぎわだけはおそろしくいい八人の主婦を眺めまわし、心から不思議そうに羽鳥夫人は訊ねた。

「あら」彰子は少し驚いて羽鳥夫人の苦労のなさそうな顔をじっと見つめた。「こういう大きなお邸の奥様でいらっしゃると、新聞などというものはお読みにならないのでいらっしゃいましょうか。最近世間を騒がせておりますおかしな強盗と申しますのが、じつはわたくし共なのでございますが」

「ああ。それなら存じています」そう言った途端、羽鳥夫人の顔色が、さっと変った。

「でも、でも本当なのでしょうか。無慈悲に人を殺害しておきながら、現金以外は、ほんのつまらないものしか取らないという、あの盗賊が、ほんとにあなたがたなのでしょうか」

引導を渡す手間が省《はぶ》けたというように、彰子はほっとした表情を見せた。「奥様の方からおっしゃっていただいて、助かりましたわ。そのことを、何と申しあげたらよいものかと、迷っておりましたの」彰子は荷物を絨緞の上に置き、スーツのポケットから、この邸の洗面所で見つけた西洋剃刀《かみそり》をとり出した。

「さんざいいものを頂戴した上、お命まで頂かなければならないなんて、本当に申しあげにくかったのでございます」羽鳥夫人の顔色は紙のようになった。彼女は顫《ふる》えはじめた。「では、わたくしは、ここで、死、死ぬのでございますか」

「奥様のようなお美しいかたのお命を奪うのは、まことに心苦しいのでございますが」心から済まなそうに彰子はいった。「でも、わたくしどもがこのように八人の主婦の集団であるということは、世間の誰にも知られてはならないのでございます。そのかわり、奥様のそのお美しいお顔が醜くならないようにしてお殺しいたしますから。しかも、苦痛が一瞬ですむような方法で」

羽鳥夫人が泣き出した。「たった十何万円かのお金と、わずかばかりの食べものと肌着。そのためにわたしは殺されるのでございましょうか。なさけのうございます。術無《ずつの》うございます。えええええ」

「奥様奥様。どうぞお取り乱しになりませんように。さき程お絞め殺ししたお宅のお手伝いさんと違って、奥様は立派なかたなのでございますから」

彰子のことばに、羽鳥夫人はすぐ泣きやんだ。「ではあの子ももう、死んだのですね。

おそらくは、ひどく汚ならしい有様で」

「左様でございます」

羽鳥夫人は不意にけけけけとけたたましく笑い、突然大声で歌いはじめた。「見よ東海の空あけて」

彰子たちが、ぎょっとした表情を見せて一歩退くと、彼女はすぐに落ちつきをとり戻して重おもしくうなずいた。「わたくしといたしましたことが、失礼をばいたしました。では覚悟いたしましょう。でもわたくし、たった今、あまりの恐ろしさに、粗相いたしてしまいました」

羽鳥夫人の股間《こかん》あたりから、白い湯気が立ちのぼっていた。

彰子は気の毒そうにいった。「ご無理ございませんわ」

「お願いがございます。わたくしが死にましたあとで、下着をとり替えておいてくださいませんでしょうか」

羽鳥夫人の落ちついたことばに、八人の主婦は感動して低くおうと叫んだ。

「かしこまりました。わたくしが責任を持って」彰子はそう言った。「それでこそご大家の奥様でいらっしゃいます。では」

彰子はつかつかと羽鳥夫人の右側に身を寄せ、左手で彼女の柔らかい黒髪を鷲《わし》づかみにして、ぐいとうしろへ引いた。

「南無阿弥陀仏《なむあみだぶつ》」

かすかにそう呟《つぶや》いた羽鳥夫人の白いしなやかな咽喉《いんこう》部を、彰子は西洋剃刀で一気に横一文字に掻《か》き切った。大量の鮮血がシャワーのような音を立てて迸《ほとばし》り、その噴出する勢いは十秒ほどしてやっとおさまった。

主婦たちが彰子の手ぎわを褒《ほ》めそやした。

「お見事ですわ」

「だんだんお馴《な》れになりますわね」

「ええ」彰子は少し照れた。「お陰さまで。もう最近では血で服を汚すこともなくなりました」

「このかた、立派な奥様でございましたわね」

「ええ。でもちょっと、変な奥様でございましたわね」

「いいえ。やっぱり立派な奥様でございましょ」

主婦たちは二人、ついで三人というように間を置き、ひと目につかぬよう小人数で引きあげた。いちばん最後になってひとり残された彰子は、羽鳥夫人の死体の、かっと見ひらいた両眼を閉じてやり、パンティを取り替えてやってから、あとに何も証拠を残さなかったかと応接室の中を見まわした。それから死体の指についている二カラットほどのダイヤをじっと眺めた。彼女の父親と同様、やはり父親が安サラリーマンであった彼女の夫からは、結婚指輪以外に装身具などひとつも買ってもらったことはないのだ。だが、彰子は吐息とともにかぶりを振り、ダイヤから眼をそむけた。荷物を持ち、彼女は羽鳥邸を出た。今夜、夫との営みに、彼女は燃えあがる筈であった。いつもその夜は燃えるのだ。彼女の身分では、強奪した二万円ほどの現金と、僅かな食料品と肌着類、それと殺人による興奮の余熱だけで満足せねばなるまい。それが即ち主婦泥棒のブルースだ。

「蝶」の硫黄島

「武田先生。あなたの喜びそうな人をつれてきてあげましたよ」

小説雑誌の編集長をしている今岡が、いちばん奥の席にいる作家の武田のところへやってきて、立ったまま大声でそう言った。

ホステスの冬子と喋《しやべ》っていた武田は顔をあげ、今岡の背後に立っている初老の男に眼を向けた。知らない男だった。「ほう。どなたですかな」

「お会いしたことはないと思いますが」重役風のその男は、例によって今岡に無理やりこの店へつれてこられたらしく、やや照れ臭そうに武田に会釈《えしやく》した。

文壇バーといわれているこの「クラブ蝶《ちよう》」に、実直そうなその男はあきらかに不似合いだった。

編集長の今岡には、相手が喜ぶものと決めてかかって、独断で知らない者同士を紹介するなど、勝手にことを運ぶ性質があった。またそれだなと思い、武田は少し迷惑そうな顔をして見せた。

「いやいや。あのね、武田先生。武田先生。このかたはですね」武田の表情を見て今岡が、少しせきこんだ口調で紹介した。「矢萩さんとおっしゃって、戦争中にですね、栗《くり》林《ばやし》兵団におられたんですよ」

「えっ。栗林兵団」武田は上半身をまっすぐにし、矢萩を見つめた。「すると、あの、やっぱり硫黄島《いおうじま》に」

「はあ。生き残りでございます」気弱げに、矢萩が答えた。

「あっ。どうぞ。どうぞどうぞどうぞ。どうぞこちらへ」武田の眼が急にいきいきと光りはじめた。頰《ほお》を顫《ふる》わせながら、彼はソファを指した。「どうぞお掛けください」

「さ、矢萩さん。どうぞどうぞ。どうぞこちらへ」今岡は武田の正面の席でホステスの春子と話しあっていた部下の平良をソファの片側に押しやり、そのあとへ小腰を屈《かが》めた矢萩を掛けさせてから、自分は冬子の隣りに腰をおろし、浮きうきした口調でべらべら喋りはじめた。「三丁目に『ブラン・デュ・ノワール』って小さな店がありましてね。いやいやそこは全然文壇バーとかそういった店じゃまったくなくてスタンド・バーなんですがね。ひとりで二、三回そこへ通っているうちにこの矢萩さんとお知りあいになりましてて。矢萩さんは今、商事会社の専務さんなんですがね。わたしが千田《せんだ》旅団にいたことをお話ししたのがきっかけで、硫黄島の戦友だったことがわかって、すぐに意気投合しましてね。矢萩さんは武田先生が独立機関銃隊第一大隊にいられたことも小説でご存じでしたから、今夜先生が平良とここに来られることを知ってさっそくお連れして」

武田はうるさそうに手を振って今岡を黙らせ、矢萩の方へ身をのり出した。「で、矢萩さんの所属は」

「はい。第一四五連隊の、第三大隊で、上等兵でございました」

「第一四五の、えっ。第三大隊」武田は眼を丸くした。「じゃ、あの、安荘《あんそう》少佐の大隊。あの、あの、熊本編成の」

「さようでございます」おだやかな微笑を浮かべ、矢萩がうなずいた。

「そうなんですよ」いきごんで、また今岡が喋りはじめた。「そうなんです。だからわたしたち三人はあの頃、屏風《びょうぶ》山のあたりにいたわけで、もしかすると顔を合わせたことがある可能性も」

「曹長殿は」武田の敗戦時の階級を知っていた矢萩が、背すじをのばしながらあらたまった様子で訊《たず》ねた。「二月十九日には、やはり南海岸におられたのでありますか」

「そうです。独立速射砲第二二大隊、中迫撃砲第三大隊とも一緒です。千鳥《ちどり》飛行場の方へは行きませんでした。あっちへ行ったわたしの戦友は二月二十日にほとんど戦死を」

「まあ。すごいお話になってきたわねえ」武田と今岡にはさまれている冬子が窮屈そうに身じろぎしてそう言った。「こちら、矢萩さんっておっしゃるのね。何をお飲みになりますの。今岡さんは」

今岡がうるさそうに早口でブランデーを二杯注文し、すぐ喋り出した。「先生は十九日に、屏風山の方へ、生き残った三、四人だけで撤退されたんです」話し続けた。

武田たちの興奮のしかたに驚き、ホステスの春子も、武田を担当している若手編集者の平良も、ただぽかんとして話を聞いている。

矢萩が詠歎《えいたん》するようにいった。「いやあ。南海岸は、はなばなしかったそうですなあ。

話には聞いていますよ。なにしろ、上陸してきた敵の戦車が二十八台も砂浜へ擱坐《かくざ》したというんですからねえ」

　武田は愉快そうにうなずいた。「はははは。いや。あれは例のロケット砲がものをいったんです」

「えっ。ロケット砲」平良が怪訝《けげん》そうな顔をした。「そんなものが昔の日本の軍隊にあったんですか」

「あったとも。君、知らなかったのかね。ロケット砲ができたのはアメリカより早いんだぞ」武田は責めるような大声を出した。「もっとも、その頃はロケット砲とはいわなかった。噴進砲といったがね。そう。噴進砲。いやあ。まったくあの噴進砲は優秀だったなあ。そうとも。日本の軍隊にも、あんなものがあったんだ」

「二十サンチと四十サンチがありましたな」矢萩がにこにこしてうなずいた。「あれは最初、たしか工兵隊が研究しはじめて、二十年の一月になってやっと完成して、硫黄島ではじめて使ったんです」

「あいつは屛風山にもあったが、あれはすごかったですなあ。わはははは」今岡が身をゆすった。「ぼうんと一発ぶっぱなすと、海兵どもが五体ばらばらになってとび散って。いやもう、すごかったのなんの。やつら、びっくりしたでしょうなあ」

「わはははは。わはは」武田も浮きうきしはじめ、水割りをがぶりと飲んでまた笑った。「そりゃあ君、南海岸じゃ、抵抗がないものだからのこのこ平気であがってきた海兵どもを、待ち伏せていてだしぬけにやったんだものね。わしゃ重機を撃ちまくったもんね。上陸してきた海兵の二五パーセントが死んだそうだ。あの一斉砲撃と一斉射撃にはたまげたろう。わははははは」

今岡と矢萩も大声で笑った。

「こりゃあ愉快だ。今夜は三人で飲みましょう。ねえ、武田先生」と、今岡がいった。

「うん、うん。矢萩さんも、どうぞどんどん飲んでください」

「は。いただいております」矢萩がブランデー・グラスをぐいと傾けた。

「そうだ。長池君を呼べ」突然、武田が身を浮かして叫んだ。「さっき、このビルの地下の『紅子』にいた。まだいるだろう。君、電話してくれ。すぐにあがってこいってな」

腰を浮かせた平良の肩を押さえ、春子がいった。「わたしが呼んできてあげるわ」戦争の話がつまらないので、逃げ出そうという算段らしい。

「長池さんはよく武田先生と組んでお仕事をなさる絵描きさんですが」と、今岡が矢萩に説明した。「井上《いのうえ》大佐の、例の海軍根拠地隊にいらして、東部落で戦われたんです」

今度は矢萩がとびあがって驚いた。「ええっ。それじゃ、すぐ隣りで戦ってられたんじゃありませんか」

「そうなんですよ」武田が大声を出した。「そうだ。そういえば東北の海上から上陸してきた海兵第五師団をやっつけたのは、井上隊と安荘隊でしたな」

「そうです。本当の戦友です」それまで比較的おだやかに話していた矢萩までが次第に興奮しはじめた。「で、そのかたがここへ見えるのでありますか」

声が高くなってきたので、周囲の客がじろじろと武田たちの席に眼を向け出した。「蝶」は銀座のクラブの中でも店の広さでは二、三番目なのだが、武田たちの声はふだんと同じほぼ満席の店の反対側の隅にまで届いた。店の中央部の席で若手の作家たちと話していた小肥《こぶと》りで美人のママが首をのばし、武田たちの席についているホステスが冬子ひとりなのを見て眼をしばたたきすぐに夏子と秋子を行かせた。

「いらっしゃあい。大きなお声だから、向こうの端にまで聞こえたわよ」

「どうも、話について行けなくて困るよ」平良が渋い顔で夏子にそうささやいた。「おれ、戦争の話弱いんだ」戦争の話で夜を明かされては困るからでもあった。武田の原稿の締切日は明日なのである。

周囲の反応も意に介さず、三人の声はますます大きくなった。

「安荘隊は強かったですなあ。矢萩さんもやはり、鹿児島男児ですか」

「左様でございます。いやおはずかしい」

「とてもそうは見えない。あなたのようなジェントルマンが、あの安荘隊にねえ」

「完全に敵の進軍を阻止したんですからなあ。あの洞窟《どうくつ》陣地で」

「そうっ。そうそうそう。あの砂丘の洞窟陣地でねえ」

「二十四日と二十五日の、あの戦いは凄《すご》かった」

こうなってしまっては、女たちはもう口をはさむことができない。うるさがられるだけだからである。

挿絵画家の長池がだいぶ酔って入ってきた。「ようっ。武田曹長」

「あっ。長池先生。こちらへどうぞ。こちらへどうぞ」今岡が長池を矢萩の隣りに掛けさせ、すぐにふたりを紹介した。

「えっ。安荘大隊」たちまち長池の眼つきが変った。泣き出しそうに頬がゆるみ、眼がうるんだ。「せ、戦友。戦友」抱きつかんばかりにして矢萩と握手した。「屏風山では頑張ってくれましたなあ」

「東部落でも大激戦でしたねえ」と、矢萩がいった。「海軍があんなに強いとは思いませんでしたよ」

「まったくだ。屏風山と東部落を結ぶ線がいちばん固かった。一歩も引かなかったものなあ」武田が叫んだ。「なにしろ、敵の海兵第五師の第二六連隊の、ええと、何大隊だっけ」

「第二大隊です」

「そう。第二大隊なんかは、全滅してるんだよね」

「あっ。そうだそうだ」今岡がいきごんで身をのり出した。「あとで聞いたんですがね、あのとき第二大隊は死傷一〇〇パーセントだったそうですよ。つまりですな、将校一〇八パーセント、兵隊九九パーセントがやられたんです」

「一〇八パーセントってのは、どういうことですか」と、平良が訊ねた。

「それはだね、君」知らないのも無理はないとでも言いたげに、今岡は部下にゆっくりとうなずきかけた。「将校がいなくなったら、補充しなきゃならんだろ。原数の三十何名かが全滅した。そこで補充した。すると、それもやられたってわけだ」

「さすが司令部にいただけあって、よく憶《おぼ》えてるな」武田が唸《うな》るようにいった。

「へええ」平良がやや不信の眼をしてうす笑いをした。「アメリカ兵ってのは、すると、ずいぶん弱かったんですね」

「な、何を言うか、君」長池が眼を剝《む》いて平良に向きなおった。「まったく、若いやつというものは何も知らんので困る。海兵《マリーン》なんてものはだな、アメリカ軍の中でもいちばん強いんだぞ。あれだけ戦争映画でもよく出てくるのに、そんなことを知らんのか。ならず者部隊とか荒くれ男の集りとかいわれているのが海兵のことなんだ。猛烈なやつらなんだぞ」

「言わなきゃよかった」長池の激昂《げっこう》ぶりに辟易《へきえき》して、平良は頭をかかえた。

「しかもそれが三個師団も来たんです」と、矢萩がいった。

「そう。たしか三個師団だったな」

「こっちの三倍だ」

「それをやっつけたんだ。わははははは」

「二八三高地なんてものは君ね、アメリカが六回占領して、日本軍が五回奪い返したん

「硫黄島の隊長ですか」

「いやあ。栗林兵団は強かった。わはははははは」

「わはははは」

もはやあたり構わぬ大声と高笑いである。しかも四人の興奮はますますたかまりつつあった。勝ちいくさを語り狂気の如く笑った。

「その栗林というのは」よせばいいのに平良がまた口を出した。「硫黄島の隊長ですか」

「師団長です」と、矢萩がいった。

「君、栗林さんを知らんのか」ふたたび長池が叫んだ。「栗林忠道《ただみち》中将を」

「知りません」と、平良がいった。「だって、知ってるわけないでしょう」

「栗林さんは知らなくても『愛馬進軍歌』は知ってるだろう」武田がいった。「あの歌を作ったのが栗林さんだ」

「『暁に祈る』もそうですね」と、今岡がいった。

平良が頭を掻《か》いた。「知らないなあ」

「なんてえことだ」長池ががっかりし、握りこぶしで自分の膝《ひざ》を叩《たた》きながらかぶりを振った。「今の若いやつは『暁に祈る』も知らんのか」

「ああああの顔であの声で」今岡が大声で歌いはじめた。

負けじと長池が銅鑼《どら》声をはりあげた。「手柄頼むと妻や子が」

武田と矢萩も歌いはじめた。「ちぎれるほどに振った旗」

四人は店内の全員がびっくりして注目するほどの大声で合唱した。「遠い雲間にまた浮かぶ」

矢萩が洟《はな》をすすりあげた。「栗林さん、死んじゃったんですねえ」

「あんなにやさしい、文武両道に秀でた立派な軍人がなあ」武田も眼がしらを押さえた。

今岡も、ややしゅんとしていった。「わたしは近くにいたんです。あのひとは、最後の突撃の陣頭に立っていて、迫撃砲の直撃弾を受けました。あとには肉のかけらさえ残っていなかった。おーいおいおいおいおい」泣きはじめた。「あんな、いいひとだったのに」

長池がわあっと泣き出した。「みんな死んじまった。井上大佐も、おれの戦友も。おれの中隊で、生き残ったのはおれだけなんだ」泣き叫んだ。「おれも死ぬ気だった。なのに負傷して、捕虜になっちまったんだ。あのとき死ねばよかった。おーいおい。残念だ。おーいおい。残念だ」

「安荘少佐は勇敢でした。あのひとこそ剛勇無双の武人でした」矢萩がおいおい泣きはじめた。「火焔《かえん》放射機を持った敵の中隊に立ち向かっていったんです。火だるまになって死んじまった」

嗚咽《おえつ》を洩《も》らすまいとしてじっと耐えていた武田が、とうとうわっと泣き出した。「わたしの隊長の早内《はやうち》大尉は爆雷を抱いて敵の戦車に突っこんでいった。第二小隊長の中村《なかむら》少尉など、当時のわたしと同じくらいの若さだった。紅顔の美少年だったんだ。そんなひとがですよ、手榴弾《しゅりゅうだん》を持って敵の戦車にとびかかっていったんです。そして戦車を燃えあがらせて、自分も戦死した。みんな、みんな勇敢な人たちだった。わたしの戦友も、みんな死んじまった」おいおい泣いた。「みんな、みんな若くて勇敢で、いいやつばかりだったよ。あーんあんあんあんあん」

四人はおいおい泣き続けた。

「生き残ったのがはずかしい。あーんあんあんあんあん」

「死んじまえばよかったんだ。おれも死んじまえばよかった」

四人は気が狂ったように泣きわめいた。

平良はまた、頭をかかえこんだ。「泣き出しちゃったよ。弱ったなあ」

首をすくめたままで、夏子がいった。「みんな、こっちを見てるわ」

平良が店内を見まわし、おずおずと身を起して武田たちに話しかけた。

「あのう、ぼくにはよくわからないんですが」

「何がだね」武田が泣きやんで、顔をあげた。

秋子が平良の服の裾《すそ》をひいた。「よけいなこと言わない方がいいと思うんだけどなあ」

「硫黄島の戦いが激しかったことくらいは、ぼくだって知っています」と、平良がやや反抗的にいった。「だけど、勝ちいくさを自慢してらっしゃるけど結果的には負けたわけでしょう。それに、いちばん激しい戦闘は、たしか摺鉢《すりばち》山の戦闘だったという具合に聞いているんですが」

四人は急に黙りこみ、考えこんでしまった。はずみで店全体が、一瞬静まり返った。

「あっ。あの、悪いことを言ったのなら許してください」平良は四人の様子に少し驚き、うろたえておろおろしながら弁解した。「だけどあの、ぼくあの、あのあのあの、硫黄島といったら摺鉢山があるってことしか知らなかったものですからあの、聞きなれない地名ばかり出てくるもので」泣き顔になり、彼は詫《わ》びはじめた。「すみません。あの、あの余計なことを言って。あの。知ったかぶりをしました。反省します。す、す、すみませんでした」

「だからやめなさいって言ったのに」秋子が小声でそうつぶやいた。

黙りこくっていた四人が突然、いっせいに喋りはじめた。

「三昼夜半も戦ったのだからたしかに激戦だが」

「あれは艦砲射撃の時から」

「命令でやったんじゃなく、我慢しきれなくて」

「本当ならもっと長期にわたって抵抗を」

「まあ、待ちなさい」と、武田が全員を制し、平良の質問を無視して自分の意見を述べはじめた。「たしかに君たちのいう通り、栗林さんの、水際無抵抗作戦というのは非常にユニークであって、もし摺鉢山の砲台が早まって砲撃しなかったら集中砲火を受けることもなく、もっと抵抗は長びいていたかもしれないし、敵の損害をもっと大きくしたかもしれん。しかしあの作戦は、戦う人間の心理を考慮に入れていなかった。だって、敵がすぐ眼の下に来ているのに、何もしないでいろというのは」

「いや。それは理屈にならん。命令は命令だ」長池が憤然として大きくかぶりを振った。

「撃つなと言われている以上は、いかに敵が目前に迫ろうと、攻撃は絶対に」

「水際で一戦しようと主張していたのは、もともと海軍ですぞ」今岡が武田の肩を持ち、大声を出した。「それに、どうせ摺鉢山だって、すでに艦砲射撃やB29で砲撃されていて」

「それはこっちが先に撃って目標がわかったからだ」長池が吠《ほ》えた。満面に朱を注いでいた。「あわて者は陸軍のやつに違いないんだ」

「問題は、もし敵が上陸前進し、内陸に集中するのを待ってから摺鉢山の砲台が砲撃を開始していた場合、敵にどの程度の被害をあたえることができていたかではないでしょうか」矢萩がそういって、テーブルの上のグラスや皿小鉢を並べ変えはじめた。「ここが千鳥飛行場です。敵がここまで来たときに砲撃を開始していれば」

「いや。それまでに艦砲射撃でだいぶやられている筈《はず》だ」

「しかし攻撃目標さえわからなければ」

「こっち側の、元山《もとやま》飛行場からも噴進砲の支援砲火を浴びせることができた筈だぞ」

声高の論戦が続き、陸海軍の両作戦や互いの失態を非難しあって今岡と長池がつかみあい寸前の激論になったり、摺鉢山の役をしていた灰皿がテーブルから落ちたりした。

「まあ。まだ戦争のお話が続いてるの」よそのテーブルから戻ってきた春子が、うんざりした調子でそういった。

「とどのつまりは大本営が悪い」四人の結論が一点に集中しそうな気配を見せはじめた。

「硫黄島の重要性をまったく省《かえり》みていなかった。あそこを取られたら日本空襲の中継基地にされて、本土に爆撃を食うことぐらいわかっていた筈だぞ」

「そうなんだ。なのに大本営はフィリッピンにばかり注意を向けていたんだ。航空機を一機も寄越さなかった」

「空軍がいなかったから負けたんだ。こっちはB29に爆撃されるままになっていた」

「電報一本で抛《ほう》り出しやがったんだ。『硫黄島は航空基地として不便なるにつきこれを中止せり』何が不便だ」

「だけどあの時は、どうしようもなかったんだ」やや離れた席で数人の連れと飲んでいた白髪の実業家らしい男が、さっきからの武田たちの話を耳にしてついに我慢しきれなくなったらしく突然立ちあがり、怒気鋭く叫んだ。「大本営ばかり責めるのは筋違いですぞ。じつはわたしはあの時、海軍の作戦将校として大本営にいた」

「まあ。上村さん。どうなさいましたの」ママが驚いて上村という男に駈《か》け寄り、なだめはじめた。「ま、お掛けになってくださいな。困りましたわねえ」

上村は叫び続けた。「あの前の年の十月に、台湾《たいわん》沖の航空戦があった。そのすぐあとでレイテの航空決戦がはじまった。航空機は一機もなかったのだ。そのかわり噴進砲をやったじゃないか。あれをなぜもっと効果的に使わなかったんだ」

「あれ以上効果的に使えるか」武田が、があんとテーブルを叩いて立ちあがった。「たった七十門で何ができる」

「弱ったなあ。飛び火しちゃったぞ」平良が首をすくめ、嘆息した。

「平良君が焚《た》きつけたからよ」と、秋子がいった。

大本営と戦場の間で激論がはじまり、その興奮はさらに周囲のテーブルへも波及して、当時フィリッピンや台湾にいたというもと軍人二、三人がまたしてもあちこちで立ちあがって名乗りをあげ、論争に加わった。店が割れんばかりの騒ぎである。

「北部の洞窟陣地に立てこもる作戦があったからこそ、あれだけ抵抗が長びいたんだぞ」

「平岩岬をもっと守ればよかったんだ。そうすれば井戸があるから、水不足になることもなく、もっと抵抗できた」

「それは無理というものだ。あそこを放棄しない限り、第二線、第三線は守れなかった」

「田原坂の兵で平岩岬を守ればよかった」と、上村がいった。

「無茶をいうな」と、今岡が上村を指して叫んだ。「そこが田原坂とすれば平岩岬はこいら辺になるんだぞ」どん、と、足踏みした。

そのことばで武田があらためて店内を見まわし、大声を出した。「おっ。そういえばこの店の形は硫黄島に似ているな」

もと軍人たちがいっせいに喋り出した。

「そうだ。この店は奥の方が広くなっている。あのいちばん奥が北部落だ」

「入口のあの細いところが南海岸だな」

「あそこがテーブル岩。ここが天山《てんざん》だ」

「おれはここにいたんだ」長池が土足でテーブルの上にあがった。

「とすると、わたしはここにいたことになりますな」矢萩はその隣りに立った。「武田曹長殿は、十九日にはあそこにおられたのであります」

「よし」もはや半狂乱に近いほど滅茶苦茶に興奮した武田が、入口めざして突っ走った。

「そうだ。そして、ここから上陸してきた海兵たちを撃ちまくったのだ」

ちょうどその時入口から、バイヤーらしい二人連れの外人が入ってきた。武田はテーブルの上に据えた重機関銃を撃ちはじめた。ふたりの外人が穴だらけになり、折り重なって倒れた。ホステスたちが悲鳴をあげた。

「まっ。武田先生」仰天したママが武田の背中に武者振りついた。「こんな店の中で戦争を始められては困ります」

どこからともなく爆音が近づいてきた。

「あれは何」平良にしがみついている秋子が、顫《ふる》えながら訊ねた。

「うむ。間違いない。あれはB29だ」今岡がそういった。「伏せろ」

すでに総立ちになっていた店内の全員があわてふためいて床に伏せた。

爆撃が始まった。爆弾が店の中央部に落ちて炸裂《さくれつ》し、硫黄臭い砂や、オードブルや、若手作家たちの首や手足を周囲にとび散らせた。さらに砲撃がこれに加わった。

　ひゅるるるるるるるる。ずばーん。

　ひゅるるるるるるるるる。ずばーん。

　ホステスがこわいと叫んで逃げまどい、兵隊が駈けまわり、失神作家が失神し、将校が命令を下す中で、八一ミリ迫撃砲の砲弾が次つぎと破裂した。おびえて泣き叫んでいた春子の長い髪を、爆風が半分がたむしり取っていった。

「ぎゃあ。痛い。痛い」和服の裾を尻《しり》までまくりあげた春子が、砂の上にぶっ倒れ、滝のように血が流れ落ちている頭をかかえて足をばたばたさせ、泣きわめいた。「死ぬ。わたし死ぬ」

　あたり一面に立ちこめた黄色い砂ほこりの中を、ママの白い首がロケット弾のような勢いで吹っとんでいった。

　入口の近くから武田が駈け戻ってきた。「師団長殿。青浜は全滅であります。おいみんな。第一線を守れ。屏風山を退くな」

「敵がこっちからも上陸してきたぞ」今岡が砲弾雨あられと降りそそぐ屏風山の中腹から東北の海岸を眺めて叫んだ。「そら。噴進砲をぶっぱなせ」

「よし」長池が木製の樋《とい》の上にのせたロケット弾の電気スイッチを押した。

　ロケット弾は「蝶」の奥の壁をぶち抜き、隣りのバーの店内のテーブルを全部裏返して通り抜け、窓ガラスを破り、ネオンまたたく銀座の夜空へとび出した。

「地下陣地へ隠れろ」

地下十五メートルの深さに掘られた地下陣地の中へ、兵隊やホステスが次つぎととびこんだ。とびこんだはずみにひっくり返り、自分の片足がないのにやっと気がついた冬子が泡を吹いて気絶した。

「ほんとにこんな猛烈な砲撃が続いたんですか」平良が地下陣地の底に背を丸くしてし

ゃがみこみ、握りしめた水割りのグラスの氷をがちがちいわせて顫えながら訊ねた。

「そうだとも」今岡が眼をぎらぎらさせ、自慢そうにいった。「砲弾は一平方ヤードに

平均三発の割合で落ちたんだ。擂鉢山など、山の恰好《かっこう》が変ったくらいだ」

矢萩が叫んだ。「気をつけろ。敵の馬乗り作戦だぞ」

地下陣地に黄燐《おうりん》が放射され、秋子の薄いカクテルドレスがぱっと燃えあがった。

「助けて。熱い。熱い」秋子はまたたく間に黒焦げ死体になってしまった。

「こんなぺらぺらの服を着ているからだ」

騒いでいると、地上から長池のわめき声が聞こえてきた。「もはや弾薬もない。万歳

突撃だ」

「よし」三八式歩兵銃に銃剣をつけ、今岡がとび出していった。

武田が地下陣地をのぞきこみ、平良たちを怒鳴りつけた。「お前ら何をしとるか。こ

の臆病者《おくびょうもの》めら。お前らそれでも帝国陸軍の軍人か。国賊めらが。突撃だぞ。出てこい」

わめき散らしている武田の背に敵の手榴弾が命中した。五体ばらばらになった武田が

地下陣地へ落ちてきた。武田の腸を首や肩に巻きつけた夏子が、あまりの恐怖に発狂してへらへら笑いはじめた。

砲弾は地下陣地にも落ち、実業家やタレントや流行作家や漫画家やホステスたちのからだを血しぶきと肉片に変えてとび散らせた。顔一面に鮮血の飛沫《ひまつ》をへばりつけた平良が、とうとう泣き出した。

「なぜこんなことを始めたんです」彼は泣きながら矢萩に訊ねた。「今ごろ昔のことをああだこうだといったところで、とどのつまりは結果論じゃありませんか」

「結果論ですって。いいえ。そうじゃありませんな」矢萩がブランデー・グラスを傾けながらかぶりを振った。「これからも、またあることですよ」

ジャップ鳥

日本を出たのは九月だが、もう十月になっていた。ソ連に十日ばかりいて、ポーランドに三日いてハンガリーに三日いて、やっと比較的ことばの通じるこのローマまでやってきたので、おれはほっとしていた。今までは緊張の連続だったのだが、ここまで来てしまえばもう、たとえ道に迷ってもホテルに戻れないといった事態になる心配はない。その上、日本語を喋《しゃべ》るイタリア人のガール・フレンドまでできたのだ。おれは浮きうきしていた。

ジーナはイタリア人の女としては小柄で、おれの好みの美人で、日本語を勉強している学生である。イタリアの支社へやってきた日本の会社の女の子と友達になり、日本語を教えられ、それがきっかけで勉強をはじめたのだと彼女はおれに語った。まだ日本へ行ったことはないらしい。だが、日本に関する知識は、ろくでもないことまで含め、相当のものである。コロセウムの前をうろうろしている時、日本語で彼女の方から声をかけてきたのだ。友達になり、昨日は一日ローマ市内を案内してもらい、今日はホテルのおれの部屋に招待した。もうすぐやってくる筈《はず》である。

ソ連、東欧は取材旅行だったが、帰途寄り道することにしたここローマは全面的に「遊び」である。禁欲的な共産圏にいる間はご無沙汰《ぶさた》していたセックスに関しても、はや我慢のゴム紐《ひも》がのび切ってちぎれそうになっているので早くなんとかしないと爆発する。目標はむろんジーナであって、その下心があるからホテルのおれの部屋に招待したのだ。テーブルの上のバスケットにはシャンパンが入っている。酔わせて口説いて服を脱がせてベッドに運ぶ段取りも何通りかは頭の中でできていた。

ホテルの部屋には中庭を見おろすヴェランダへのガラス戸があった。中庭の芝生には五本の木が立っていて、その一本にはさっきから黄色い鳥がきてとまっている。頭と羽の先と尻尾《しっぽ》が黒く、眼のあたりに眼鏡をかけたような黒い模様のある小柄な鳥だ。しばらく見ているうちにもう一羽が飛んできて、最初のやつから少しはなれた枝にとまり、仲間を意識している様子で尾を動かしたり小きざみに枝の上を移動したりしはじめた。秋の陽光がガラス越しに部屋にも射しこんでいて、こういう時間のセックスもまた楽しいだろうと思うのだが、情事が始まったら残念ながらカーテンは引かなければなるまい。向かい側の部屋の窓から丸見えになるからだ。

ドアがノックされ、日本語でお入りというとジーナが笑顔で入ってきた。

「こんないい天気の日に部屋にいますか」と、彼女はいった。「もったいないなくなぜないですか」

彼女は赤いセーターと、グレイ系統のチェックのスーツを着ていた。スーツの上着のボタンをはずしているから、胸の膨《ふく》らみが眼について悩ましい。

「せっかく君みたいな人と友達になれたのに、ふたりきりにならないというのは、もっともったいない」おれはそういってソファに彼女を掛けさせた。彼女の美しさを表現する洒落《しゃれ》たいいまわしを考えたが、そのてのセリフはどうせイタリアの男性にはかないっこないと思いなおし、おれは彼女の服装のセンスだけを褒《ほ》めた。

向きあって腰をおろすと、彼女の恰好《かっこう》のいい足がおれの眼の前にあった。スカートが短かかった。おれはちょっと眼のやり場に困り、あわててシャンパンの栓を抜きにかかった。

「この昼間からお酒飲みますか」ジーナは鳶色《とびいろ》の眼でおれを見つめ、にやにや笑いながらいった。こっちの意図を見抜いている顔だった。しかしまるきり警戒した様子を見せていないのは、なるようになってしまってもかまわないつもりでいるからだろう。

彼女に好かれているらしいことは昨日からわかっていたし、彼女が性に関して比較的自由な考えを持っているらしいこともわかっていた。さもなければなんで若い娘が男の部屋をひとりで訪れたりするものか。

「君の日本語は少していねいすぎるな」と、おれはいった。「友達という感じがしない。他人行儀という日本語がある」

「そんなら、こういう言いかたでかまわないか」と、ジーナがいった。「これでいいのか」

もう少しでずっこけて見せるところだったが、若く可愛い娘が乱暴なことばを喋っているのは異様な感じがしてなかなか面白いから、そのまま抛《ほう》っておくことにした。あまりしつこく注意すると嫌われてしまう。

「君の日本語に乾杯」

「ありがとう」

おれたちはシャンパンで乾杯した。

ジーナの足からまた眼をそむけて中庭を見ると、さっきのあの黄色い小柄な鳥が三羽にふえていた。

「また来たぞ」

「何が来たか」と、ジーナがシャンパン・グラス片手にのびあがって中庭を見ながら訊《たず》ねた。

「あの鳥だよ。ほら。三羽いるだろう」

「ああ。あの鳥か」ジーナはうなずいてから、怪訝《けげん》そうにおれの顔を横眼でうかがった。「あなた、あの鳥知らないか。まだ」

「知らない」と、おれは答えた。「ぼくの父親は動物学者だけど、ぼく自身は鳥の名前や木や草や花の名前にはてんで興味がないのでね」

「だけれども、あの鳥のことで、今、みんなが騒いでいるのに」

「え。なぜあんな鳥のことで騒いでいるんだ」

「あの鳥、今、世界中でたくさんに出ている。新聞に書いていたよ」ジーナはおれの顔色を見ながらいった。「新聞読まなかったか。昨日も外でたくさん見たのに」

「昨日は気がつかなかったな。それに、ずっとソ連と東ヨーロッパにいたから、新聞はぜんぜん読んでいないんだ」

「そうか」ジーナはうなずいた。「ソ連、東ヨーロッパ、あの鳥まだたくさんは出ていないよ」

「あの鳥が大量に発生したっていうのかい」

「そうそうそう。大量発生よ」

ジーナの眼つきが気になったので、おれはさらに訊ねた。「そんなに皆が騒ぐほど大量に発生したのかい。いったいあの鳥の名前は、なんていうの」

ジーナは困ったような表情で、ちょっともじもじした。「あの鳥の名前をわたしが言うと、あなたが怒るよ」

「なぜだい」おれは少しおどろいた。「鳥の名前ぐらいでは怒らないよ。なんていうの」

彼女はまたおれに横目を遣い、念を押した。「気にするなよ」

「しないよ」

「みんな、あの鳥のこと、ジャップ鳥と言うているよ」

しばらく、その意味がわからなかった。「え。え。ジャプドリっていうの。なんだい。ジャプドリって。ああ。ああ。ああ。わかった。日本人《ジャップ》鳥か」おれはくすくす笑った。

「黄色くて、眼鏡をかけているから。出っ歯ならもっといいんだろうが、あいにく鳥には歯がないやね」

ジーナが不思議そうな顔をした。「あなたはどうして日本人の癖に日本人を悪くいわれて怒らないで、自分でも日本人のこと言って笑うのか」

「ん。まあ」おれは少しはずかしくなって俯《うつむ》いた。それから顔をあげ、シャンパンの瓶をとった。「日本人だからだろう。それが日本人ってもんだ。ま、そんなことどうでもいい。飲もうじゃないか」

彼女のグラスにシャンパンを注ぎながら、おれはジーナの顔を盗み見た。彼女は中庭を見ていた。

「でも、ジャップ鳥っていうのは通称だろう。ほんとの名前はなんていうんだい」

ジーナはかぶりを振った。「本当の名前がジャップ鳥だよ。まだ正式に名前はついているのでないのだよ。学問的な名前のことは、日本語でなんというのか」

「学名かい」

「そう。その学名もまだついていないよ」

「へえ」おれはまた驚いた。「あの鳥、新種か」

「そう。新しく発生した新種だね」

ジーナは最近世界中が騒いでいるそのジャップ鳥大量発生事件についてのあらましをおれに物語った。それによれば、二週間ほど前から急にこのジャップ鳥が世界各地にあらわれて人びとの眼を惹《ひ》きはじめたのだという。おれが日本を発《た》った直後である。鳥類図鑑にも載っていず、今までにどの学者も報告したことのない新種だというこの鳥は、主として北アメリカ、南ヨーロッパなどに多くやってきて、いろいろな被害を人間にあたえているのだそうだ。

「どんな被害だい」

「どこへでも入ってくるのよ。窓を開けておくと商店やらホテルの部屋やらロビーやら、ふつうの家庭にまで遠慮なしにとびこんでくるのだよ」

「厚かましい鳥だな」おれはいやな気がした。「それでジャップ鳥っていうのか」

「気にするな」と、ジーナはいった。

「してないよ。もっと飲もうよ」おれはまたシャンパンの瓶をとった。「しかし、今、中庭に来ているやつは、おとなしくしてるじゃないか」

ジーナは少し酔いはじめていた。「一羽だけならおとなしいよ。二羽とか三羽とか、やっぱりおとなしいよ。十羽とか二十羽とかになってくると、厚かましくなるのだよ」

「群をなしてるのか」おれはいやな気がした。「徒党を組むと厚かましくなるんだな」

「わたしは少し酔っぱらったぞ」ジーナが足を組んだ。

おれはそのエロチックな部分から視線をひっぺがすのに苦労した。「アメリカや南ヨーロッパに多いといったな」

「観光都市にたくさん飛んできたのだ」

おれはいやな気がした。「いやな鳥だな。まったくいやな鳥だ」おれは中庭にいる三羽のジャップ鳥に眼を据えた。

三羽のジャップ鳥が、いっせいに飛び立った。そしてどこかへ行ってしまった。

「行ってしまった」

「悪口を言われると、敏感に自分をはずかしく思うのだよ。わかるらしいよ。でも、十羽とか二十羽なら、そんなことはない。何を言われても平気でいるのだ」

「いやな鳥だな。本当にいやな鳥だ」おれは立ちあがった。「でも、ぼくみたいに、たったひとりで旅行していても、やっぱり厚かましいのがいるよ」

「どう厚かましいのか」

おれはジーナの傍に寄り、かがみこんで彼女にキスした。無理な姿勢だったのでろくなキスはできなかったが、ジーナは協力した。

「ジャップ鳥なんて言いはじめたのは、どこのどいつだ」

「まだ、ジャップ鳥の話か」ジーナがうんざりしたようにいった。「ヨーロッパに来ていたアメリカ人の観光旅行団が言いはじめたらしいよ」

「いやらしいアメ公どもだ。自分たちのことは棚にあげて」おれはジーナの隣りに掛け、彼女の腰に手をまわした。牛肉でいえばロースに相当する彼女のその部分の肉はよく締まっていて、最近の日本人の、都会のバーのホステスやそういった女たちの筋肉のようにぐにゃぐにゃではなかった。「なんていってなくんだ」

「ぐえ、ぐえというな」

おれはジーナの腰から手を離した。「いやななき声だ」

「気にするなよ」おれの首にすがりついてきた。

おれはまたジーナとキスをした。

しばらく男と女の心理について話しあってから、おれは話をもとに戻した。「ジャップ鳥に対する日本人の反応はどうだ」

「反応か。反応はある」

「そりゃあるだろう。どんな反応だ」

「あなたも日本人だから、自分の反応を見たらいいだろう」

「ほかの日本人の反応を知りたいんだ」

「だから、あなたと同じ反応」

「それじゃわからないんだよ」

「日本人の反応を外国人がどう見てるか知りたいか」

「ぎょっとすることを言うね。本土には、いや、もとへ、日本には、ジャップ鳥はきていないのか」

「やっぱり来ている」

「それを日本人は、どうとり扱ってるんだ」

「それはやっぱり、被害を出す鳥なので、やっぱり嫌っていて、憎んでいるな。だけど最初はそれほどでもなかったのだが、日本の新聞や、そうした出版物が、外国でジャップ鳥のしていること、どんなに言われているかを面白がって書いたから、それを読んだ日本人が怒り出して、今では気がちがった人のように、ジャップ鳥を殺しているよ」シャンパンを飲んだ。「ああ、そうだよ。気がちがった人のように、ジャップ鳥を片端から、全部殺す勢いでやっているのだよ。わたしにはよくわからないよ」シャンパンを飲んだ。「あなたもなぜそんなにジャップ鳥のことを気にするか」

「ぼくも日本人だから、その気持はわかるよ」

「わたしにはよくわからないよ。自分たちによく似ているからよそでいじめられた鳥なら、守ってやるよ。被害といっても雀《すずめ》ぐらいと同じだからよ。日本では銃を使って雀を撃つだけでもいけないのだが、今はもうジャップ鳥を殺すためなら日本では銃を撃ってもかまわなくなったのだよ。わたしにはわからないよ」彼女はあくびをした。「まだ、ジャップ鳥のこと話すのか」

「ごめんごめん」おれはいそいで彼女を抱きすくめた。「もっと楽しい話をしよう。この料理食べないか」

おれとジーナは十分ほど、日本とイタリアの女性について話した。その次に十分ほど、男性について話した。話が行きがかり上性の自由に及ぶと、彼女は別の話題を見つけようとした。

おれは助け舟を出した。「このキャビアを食べてみないか。ソ連で買ったやつだ。コニャックもあるぜ。やはりソ連で買ったやつだ。ところでジャップ鳥っていうのは、何を食べるんだい」

「なんでも食べるな」と、ジーナは答えた。「木や草の実も食べるし、穀類も食べるし、虫も食べる。腐った肉まで食うよ」

「いやな鳥だ」だんだん肩身がせまくなってきて、おれをそんな気分にさせるジャップ鳥に、またおれは腹を立てた。美しい外人娘のジーナに言い寄るには、日本人である自分があまりにも醜悪であるような気がしはじめ、おれの浮わついた気持が次第にしぼみはじめた。自分のはらわたが腐っているような気がして、自分があたりに臭気をまきちらしているような気がした。いやな気分を振りはらおうとして、おれは立ちあがり、また大声でいった。「まったくいやな鳥だ。君たちイタリア人だって、やっぱり、いやだと思うだろう」彼女の顔を覗《のぞ》きこんだ。

「な。そう思うだろう」

「それはやっぱり、いやな鳥で、害をする鳥だから、イタリア人もやっぱり嫌っているぞ」と、ジーナはいった。「三日ほど前にも、イタリア人、サン・ピエトロ聖堂の前の広場で、ジャップ鳥、たくさん殺したよ」

「どうやって殺したんだ」

「餌《えさ》を撒《ま》くといっぱい寄ってくるから、網を投げるのだよ」

「だって、鳩《はと》もいるだろう」

「鳩もいるから、網を投げておいて、鳩だけ逃がしてやって、ジャップ鳥だけ踏み殺した。たくさん、たくさん踏み殺したぞ。千以上殺した」

「見てたのか」

「わたしも見ていたぞ」

「どうだった」

「いやらしかったぞ。ジャップ鳥はみんな白眼を剝《む》いて、口をあけて死んでいたぞ」

おれは唸《うな》った。「死にざままでいやらしいのか」

「イタリア人がジャップ鳥殺している時、日本人の観光旅行団が、ちょうどサン・ピエトロ聖堂を見物に来ていた。彼らも見ていたよ。みんな、ジャップ鳥が踏み潰《つぶ》されるところを、悲しそうな、いやらしそうな、怒っているような、変な変な、複雑な顔をしてじっと見つめていた」

おれは考えこんだ。

ジーナが大声を出した。「あなたがジャップ鳥の話ばかりするからいけないのだぞ。わたし、ちっともしたくないのに」

「あっ。すまん。すまん」おれはとびあがり、大声でそういいながらジーナを抱きすくめた。「もう絶対に、ジャップ鳥の話はしないよ。楽しい話をしよう。どんな話をしようか」

「わたし、小便をする」

おれはソファからずり落ちて床に尻《しり》をぶつけた。

ジーナがバス・ルームへ行こうとして立ちあがりかけ、よろめいた。「わたし、歩けないよ」くすくす笑った。「酔ってしまったのだね」

おれはジーナに肩を貸し、彼女をバス・ルームの中の便器の前まで運んでから外へ出てバス・ルームのドアを締めた。ドアをあけてジーナが出てきたので、おれはまたジーナに肩を貸した。ソファへ戻る途中、おれはわざとよろめいてジーナを抱いたままベッドに倒れこんだ。ベッドの上で、おれとジーナは重なりあった。激しく抱きあい、彼女の門歯とおれの門歯がぶつかってがちという音を立てたほどの激しいキスをした。ジーナが呻《うめ》きはじめた。おれは彼女の太腿《ふともも》に手をやった。

ジーナは突然うめくのをやめ、おれの顔を見あげて訊ねた。「あなたはわたしと」猛烈なことばを口走った。「を、するのか」

おれはジーナのからだの上から、ついでにベッドの上から、床へころがり落ちた。すぐ立ちあがり、あたりを踊りまわった。「とことんやれとんやれな」

昨夜おそく町をうろついていて、イタリア人のポン引きから同じことばを耳にささやきかけられた時よりも、もっとひどい衝撃だった。関西の人間がそのことばを口にする時さほど大きな超自我の抑圧を感じないですむのと同様、彼らイタリア人たちも外国語であればこそ平気でそのことばを口走ることができるのだろう。しかしジーナのような清純な雰囲気を持った娘が照れもせず反逆精神もなく平然とした顔でそのことばを口にするとこれはやはり一種の悪夢であって、おれはその超現実感から脱け出そうとし、じたばたと踊りはじめたのである。

やっと衝撃から立ちなおり、おれは寝たままジーナの服をゆっくりと脱がせ、純白の下着類もゆっくりと脱がせ、彼女を全裸にした。自分も裸になった。ジーナと抱きあった。彼女の肌は火照《ほて》っていた。おれは、なかなかできなかった。さっきの衝撃のはげしかったことを思い出しては萎縮《いしゅく》してしまうのである。悪戦苦闘しながら、OH、OHとつぶやき続けているジーナへ、おれは照れかくしに話しかけた。こういう場合、いつも照れかくしによけいなことを喋ってしまうのがおれの悪い癖である。せっかく盛りあがった雰囲気をぶち壊して相手の女性を怒らせてしまうのであるが、しかし、どうしても話しかけずにはいられないのだ。鼻息だけ荒くしてただ無言でその態勢に入ろうとしている自分を客観視し、犬みたいに感じるからである。

「ジャップ鳥は」と、おれはいった。「きっとこっちの方も強いんだろうな。だってそうでなきゃ、そんなに一度に世界的に繁殖したりはしないだろうからね」

「そうだよ」と、ジーナもいった。「いつもしているよ。自分たちでするだけではないよ。見さかいなしに、ほかの種類の鳥にもしようとするよ。だから、ほかの鳥からも嫌われているよ」

がく、と、おれはジーナの汗ばんだ腹の上へ頭を落した。完全に萎《な》えきってしまい、もう、どう工夫をこらしてみても駄目だった。おれはあきらめた。

「わたしが悪いのではないよ」悲しげに、ジーナが叫んだ。「あなたがまたしてもジャップ鳥の話をするから悪いのだぞ」

「わかっているよ。すまなかった」おれは起きあがり、タオルを彼女の下半身に投げかけた。「さ。バスへ先に入れよ」

「もう、しないのか」

「ああ、できないんだ」

「わたしはあなたとなら、してもよかったのに」

「わかっているよ」おれはうなずいた。「ほんとにすまなかったな」

次の日、おれはローマを発った。

東京へ帰ってきて驚いたことは、大量発生の噂《うわさ》に相違して都心にジャップ鳥が一羽も見あたらなかったことだ。どうやら全部殺されてしまったらしい。

帰ってきた次の日に会った大熊という友人に、おれは訊ねてみた。「ジャップ鳥騒ぎは、もうだいたいおさまったのかい」

大熊は怪訝な顔をした。「なんだい。その、ジャップ鳥っていうのは」

おれはびっくりした。「えっ。新聞記者の君が知らない筈はなかろ。外国でもあんなに大騒ぎしてたのに」

「よくわからんが、なんだか面白そうな話だな。聞かせてくれ」

「ひやあ。これは驚いた。君、知らないのか。本当に」半分狐《きつね》につままれたような気持で、おれはジーナから聞かされた話と、彼女とのホテルでの一部始終を大熊に語った。

大熊は笑い出した。「君はその子に一杯食わされたんだよ。ジャップ鳥なんて鳥はいない。そんなものが大量発生したなんてニュースはない」

「世界中どこにもか」

「世界中どこにもだ」

おれは茫然《ぼうぜん》とした。「でもおれは、その鳥を見たんだぜ」

大熊は笑い続けた。「黄色い鳥なんて、いくらでもいるよ」

「ではジーナは、なんだってそんな出たらめを話したんだろう」

「さあね。貞操を守るためだったんじゃないか。実際君は意気沮喪《そそう》したんだろ」

「そうは思えないんだがねえ」おれは頭をかかえた。「できなかったことをあんなに残念がっていたんだし」

「先天性虚言症ってやつかな」

「そうでもなさそうだ。出たらめを喋ったのはジャップ鳥に関してだけだったからね」

「日本語を勉強しているのなら、日本人研究のためにその話をして君の反応を見たかったのだとも考えられるな」

おれは唸った。

大熊がいった。「そういえば、マラマッドの小説に『ユダヤ鳥』というのがある。その子はその小説を読んでいて、それをヒントにしてそんな思いつきを喋ったのかもしれないね」

二か月ほどして、ジーナから日本文の手紙が届いた。「あの時は口から出まかせを言ってご免あそばせ。今度日本へ三週間ほどの予定で行くことになりました。また、楽しく一緒に遊んでくださいませね。ほんとはあなたのマンションへ泊めていただきたいんですけど、厚かましいお願いでしょうかしら」

ジーナの嘘《うそ》にはまったく腹を立てていなかったし、むしろその機智のためにますます彼女が好きになっていたから、もちろん否やはない。シングル・ベッドをダブル・ベッドに買い替えて待っているという返事をさっそく出した。

明日ジーナがやってくるという日、おれはマンションの庭で、帰国以来はじめて、あの黄色い小柄な鳥を見かけた。さっそく動物学者の父の家へ行って鳥類図鑑を見せてもらった。あの鳥が載っていた。

「まひわ・英名シスキン・学名Carduelis Spinus」

おれはさっそく、図鑑に載っているほかの鳥を物色しはじめた。イタ公鳥と呼ぶにふさわしいやつを見つけるためである。

旗色不鮮明

大滋県《だいじ》助駒市《すけこま》の高台にあるマンションへ引越したばかりのおれのところに、ある日「助駒市政に発言する文化人の会」というところから封書が届いた。中身はちらし様《よう》のもの、印刷物一枚と返信用のはがきである。印刷物の方は、固苦しい文句が連《つら》なっているものの、くだいて書けばほぼ次のような意味になる一種の趣意書だ。

「このまま拋《ほう》っておけば助駒市は滅茶苦茶になってしまう。市政が悪いからだ。そこで今度、助駒市在住の文化人が結集し、助駒市政にどんどん文句をつける会を作ろうと思うのであるが、どうであるか」

趣意書の最後には、発起人として十人の助駒市文化人が名を連ねていた。

須根《すね》　河尻《かじり》（詩人）
星辰井《せいしんい》　譲《じょう》（助駒市交響楽団指揮者）
又仏《またふつ》　可酔《かよい》（歌人）
清戸《せいと》　剛干《ごうかん》（大学教授）
免条《めんじょう》　没秀《ぼっしゅう》（華道家）
曽勢《そせい》　蘭造《らんぞう》（洋画家）
前部《ぜんぶ》　桐作《とうさく》（作家）

霞木《かき》　名栗《なぐり》（日本画家）
美々津《みみずの》　芦後《あしあと》（書道家）
可々野《かかあの》　言成《いいなり》（彫刻家）

むろんいずれも地方文化人であって、全国的に名の通った、おれがちらとでも耳にした記憶のある人物の名は、二、三しか見出《みいだ》せない。

趣旨については、反対するべき理由が何もなかった。むしろ結構なことである、と、その時はそう思った。

だいたい文化人というものは、作家であるおれ自身も含めて、たいへんわがままなものである。殊《こと》に自分が住んだり仕事をしたりしている区域の環境については、神経過敏と思えるほどに文句の多いものだ。地方の文化人ほどその傾向が強く、これは自分がその地域でどの程度重要人物とされていて知名度が高いかを自分で知りたいためもあるだろうが、やたら役所関係のあちこちへ文句をつける。役所の方ではうるさいと思うものの何しろその地方ではいちばん発言力を持っている連中であるから無視することはできない。そして実際その文句というのはその地域の住民としての至極正当な文句が多いのである。ノーベル賞学者や流行作家が国の政治を非難する場合と違って、その文句というのはその地域の住民ほとんどの声を代表している場合が多い。地方文化人というのは庶民生活から遊離したブルジョア文化人ではなく、へたをすると一般庶民より貧乏しているかもしれないぐらいだから、その発言には比較的さしせまったものがあるわけだ。

ま、市政に文句をつけることによって環境をよくしようというのだから、賛意を表明しておけばいずれおれ自身に何か環境上の不都合が起った時、この組織を利用して解決することもできる筈《はず》だ。いささかの助兵衛心《すけべえ》もあっておれは安易にそう考え、返信用のはがきに書かれている「賛」「否」の二文字のうち「賛」の方に丸をし、「否」の字を消し、署名して投函《とうかん》した。

一か月以上経《た》ち、そんなはがきを出したことなどとうに忘れてしまっていたある日、ふたたび「助駒市政に発言する文化人の会」から、今度は小包ほどの大きさの封筒が届いた。開けてみるとどうやら「助駒市政に発言する文化人の会」の機関誌の第一号らしい「発言」という八ページの印刷物が二十部ばかり入っている。署名用紙と思えるガリ版刷りの紙も同封されていて、それにはこんな意味のことが書かれていた。

「本会の趣旨に賛成してくださってありがとうございます。この用紙に、あなたの知人の署名をできるだけたくさん貰《もら》ってください。そのひとたちの住所を書きこんでくだされば、以後は当本部から直接送るようにします。また、同封の機関誌を適当と思われるかたにお送りください」そして二十円切手が二十枚入っていた。

どうもおかしいな、と、おれは思った。こうなってくると一種の運動に近いものだが、こんな印刷物を大量に作ったり郵送料までばら撒《ま》いたりする金がいったいどこから出ているのだろう、おれは賛意を表明しただけであって、まだ一銭の寄付金も送ったおぼえはない、とするとあの発起人の十人の文化人が金を出したということになるが、だいたい文化人というものはこういった運動のためには名前を貸すだけであって、あまり金は出したがらないものである、はてさてそれではここに書かれているこの会の「本部」というのは誰《だれ》がやっているのか、そんなことを考えながらおれは機関誌の内容をよく読んでみた。

あいかわらず固苦しい文句が連なっているので苦労しながら読み進むうち、こんな文章にぶつかった。「わたくしたちは、反痔民党の立場から斜会党《しゃかいとう》をより強力にするため「斜会党の支持団体だ」おれはとびあがった。

そういえば、現助駒市長は保守系の人物だったことを、おれは思い出した。しかし、だからといって現在の市政に文句をつけたい人間が即ち全部反痔民党であると勝手に決めてしまうなどとは何たる早合点《がてん》何たる独断思考の短絡《たんらく》論理の飛躍なぜに便所に散る花よ、押収した猥褻《わいせつ》文書の図書館を建てろおれの家の前の道路の幅を拡げろおれの散歩道に便所を増設しろ近所の犬を叩《たた》き殺せおれの家の隣に女子大を建てろなどの文句はこっちの思想的立場が保守であろうが革新であろうが関係なく出てくるのであって、そういったことを比較的あっさりやってくれそうな政党を選び、それに肩入れすることはまた話が別なのである。その上おれは現在まで対社会的な立場において、ある特定の政党に味方することを厳《げん》に自分に戒《いまし》めているのである。それはエンターテインメントの作家としての自由な活動を自分で束縛することになるからだ。むろん小説の中で特定の政党の悪口を書いたことはある。公迷党のことを恍冥党とし、創禍学会のことを総花学会としてあげつらい、さんざやっつけ、この時にはやたらと脅迫電話を貰ったものだが、これにしたところがおれとしては、何も公迷党と仲の悪い兇産党に味方して書いたわけではなく、宗教団体を母体とする政党であることにいささかの嫌悪感があったので書いたというだけのことだ。つまりおれは、特定の政党に対する悪口なら自分の政治的立場を示したことにはならず、特定の政党への言論的肩入れは自己の政治思想の表明であるというおれなりの信念を持っているのである。

「ええいしまった。だ、だまされた」

自分の軽率さに腹を立てながらさらに機関誌を見るうち、その第一面に、おれは「当会の趣旨に賛意を表してくださった人びと」として十数人の文化人の名が列挙されている中におれの名前が載《の》っていることを発見した。

「やられた。名前を出されてしまった」おれは頭をかかえた。

小さな四文字の活字ではあるが、この機関誌が千部単位、いやおそらくは万単位、悪くして十万単位で印刷されればばら撒かれているとするとその情報量は決して小さい方ではない。おれはさっそく「本部」へ賛意撤回と抗議のはがきを出すことにした。

抗議といっても、こっちにだって早とちりの罪はある。その上、最初にきた趣意書のどこかに「反痔民党」の文字が記載されていて、それをおれが見逃していたかも知れないのである。確かめようにも趣意書はすでに捨ててしまっている。あまり強い文章で抗議してあげ足をとられたり嚙《か》みつかれたりしても癪《しゃく》だから、おれはなるべくおだやかに抗議することにした。

「機関誌を拝見。以前いただいた趣意書の限りでは反痔民党の立場から斜会党をより強力にするといった政党色の強い会であるとは読み取れず、軽い気持で賛意を表してしまったことを残念に思います。ここに賛意を撤回したいと存じますのでよろしくお取り計らいください。なお、出来ることなら機関誌第一号に掲載された小生の氏名を次号にてお取り消し願います」

一週間経たぬうちに「本部」から部厚い封書の返事がきた。便箋《びんせん》数枚に達筆なペン字で書き連ねてあるその返事の内容は、たいへん丁重な文章ではあるものの自分たちの非はまったく認めていず、逆にそこにはあきらかにおれのはがきに対する不満の意がこめられていた。

「反痔民党の立場から斜会党をより強力にすることが、即ち政党色が強いということにはならないと思います。現在の痔民党による市政を、われわれの発言できる市政に改めるため、とりあえず斜会党を支持するということなのです。発起人や、賛意をお示しくださった方の中には反斜会党の方もおられます」

さらに、おれの心得違いをたしなめるかのような説教調の文章が続いていた。おれは途中を読みとばし、最後の方を見た。

「いずれ原稿をお願いします」

「なめられたな」もうひとつすっきりしない気分で、おれは便箋を屑籠《くずかご》へ投げこんだ。

こういった議論は、おれは苦手なのだ。説得されてしまうことはないが、混乱して反論できなくなってしまい、結果として相手に、説得してやったと思い込ませてしまう。頭が論理的にできていないからであろう。そして、この文章の内容はどことなくおかしいという気分だけがいつまでも続いた。むろん、頼まれたところで原稿を書く気などまったくなかった。だが、抛っておけば「本部」はおれを説得したと思いこみ、いずれ原稿を頼んでくるだろう。おれはまだ納得していないぞという意思表示を何らかの形でしておくに越したことはない。ちょうど助駒新聞社から随筆を頼まれていたので、おれはこのいきさつを原稿三、四枚に書き、最後に「実際にそうであるかないかはともかく、もしおれが贅痔民党であればどうするつもりだったのだろう。どうもすっきりしない気分である」と、正直に現在の自分の気持を書き記しておいた。新聞に載れば当然おれの気持が「本部」にも通じるだろうと思ったからである。

その原稿が新聞の学芸欄に掲載されてからの数日間、おれは「本部」から何か言ってくるのではないかとなかばそれを待ち望むような気分で過した。だが、そのことに関して最初に電話をかけてきたのは「本部」ではなかった。

「月刊論潮の大前田と申しますが」と、その男の声がいった。「コメントをいただきたいのです」

「月刊論潮」という評論誌らしい雑誌は、書店の本棚で背表紙だけを見たことが何度かある。

「なんのコメントですか」

「あなたがこのあいだ助駒新聞に書かれていた、斜会党の支援団体のことについてです。最近、痔民党の援助で作っている雑誌がある作家の談話を無断で議員の広報活動に流用した事件がありました。あなたもやはりその事件を、一杯食わされたとか、ペテンにかけられたとか、まあ、そういう風にお考えですか」

「少しことばが強いようですが、それに似た気分です」

「なるほど。なるほど。それをもう少しお話し願えますか」

おれは新聞に書いたよりも少し詳《くわ》しく喋《しゃべ》ってから、だいたいおれの名前を利用しようなどというやつは、おれの小説がいかにでたらめでいい加減なものであるかをよく知らないやつではないか、おれの名前など出せばかえって信用を失う筈《はず》だからであるなどといささかの謙遜《けんそん》をつけ加えておいた。

「面白いお話をどうもありがとうございました」男はていねいにそう言って電話を切った。

数日後、コメント料としてはいささか多額の謝礼が送られてきた。さらに数日後、おれのコメントの載っている号の「月刊論潮」が送られてきた。自分のコメントをどういう具合に扱っているか、いずれゆっくり読もうと思いながら、原稿に追われてそのままにしていたある日、また電話がかかってきた。

「先生の愛読者ですが」

「ぼくの小説の愛読者なんでしょう」

「もちろんそうです」

「ご愁傷《しゅうしょう》さまです」

「月刊論潮を拝見しました。わたしは以前から先生の作家としての姿勢をよく存じあげているので少しおかしいなと思ったのですが、先生はあの雑誌に金を出しているのが痔民党であるということを前からご存じだったのですか」

「ぎゃっ」おれはとびあがった。「本当ですか」

「本当です。ではやっぱり、ご存じではなくてコメントに応じられたわけですね」

「知りませんでした知りませんでした。畜生まただまされた」ひとしきり口惜しがってから、おれは首をかしげた。「でも、おかしいな。あの編集者はこのあいだの猿籐週作の対談流用事件のことで、痔民党の悪口を言っていたが」

「そんなこと、雑誌にはぜんぜん出ていませんよ」

「ちょっと待ってください」

おれはいそいで雑誌類を山積みにしてある机の下から「月刊論潮」をさがし出し、おれのコメントの載っているページを開いた。コメントをつなぎあわせて作られたその記事は見出しが「ここまできた！　斜会党の悪あがき」となっていて、右翼文化人が数多く斜会党の悪口を述べている中におれの発言もあった。これではおれまでが右翼文化人のひとりのようである。痔民党のことや、例の対談流用事件のことは何ひとつ出ていず、だからつまり文化人の発言や名前をやたら政治活動に利用しようとする政党の悪い傾向を指摘しようとする記事ではなくて、単に斜会党の悪口をいうだけの記事なのである。おれが謙遜した部分もなくなっていて、知らぬ人がこの記事だけ読めばおれが斜会党から大変な被害を受けたといってかんかんに怒り、罵倒《ばとう》した末、反斜会党に傾いてしまったかのように思うに違いなかった。

「ひどいものですな」と、おれは電話の男にいった。「わざわざ知らせてくださって、ありがとうございます」

「それはいいのですが」と、男はいった。「これを、どうなさるおつもりですか」

「そうですな。とりあえず抗議の手紙を出しましょう。そんなことをしたってどうせなんにもならないでしょうがね」

「そうですね。あっちの反応はだいたい予想できます。それよりむしろ先生としては、ご自分の立場をはっきりさせるため、このことを何かにお書きになってはいかがですか」

「ええ。機会がありさえすれば書きましょう」

「あっ。それでしたら」男の声が急にはねあがった。「斜会党のことも含めてうちへお書き願えませんか。わたくしじつは日刊紙『垢旗《あかはた》』の野村と申しますが」

「えっ。あんたは、きょ、兇産党」おれはあわてふためいて電話を切った。「垢旗」なんぞに痔民党の悪口を書こうものなら、これは当然左翼文化人と思われてしまう。「まったく油断も隙《すき》もないな」おれはあきれてしまった。

原稿を書く気がしなくなったので、おれはふらりと散歩に出た。駅の近くにはうまいコーヒーを飲ませる店があり、おれはその店のマスターとつい最近親しくなったばかりだ。「鈴懸」というその店は、カウンター式の小さな店だが雰囲気があり、ストレート・コーヒーが揃《そろ》っている。

「やあ」

ドアを開けてマスターにうなずきかけると、彼はなぜかちょっと渋い顔でうなずき返した。他の客が全部いなくなるまでおれに話しかけるつもりはないようだった。黙っていてもおれがいつも飲むやつを淹《い》れてくれることはわかっているのでぼんやり煙草をふかしていると、彼はやがてウガンダ・ロブスターの入ったカップをカウンターに置きながら、声を低くしてささやきかけてきた。他の客はもういなくなっていた。

「助駒新聞に書いてたね。それから、月刊論潮も読んだよ」彼はうなずきかけた。「あんた痔民党支持なんだね」

「それは違う」おれはいそいで弁解した。「月刊論潮が痔民党の雑誌だということを知らなかったんだ。あれはだまされたんだ」

「それにしたって、反斜会党であることは確かだろう」

おれはじっとマスターを見つめた。「それだと、何か具合の悪いことがあるのかい」

「あるんだよ、それが」彼は悲しそうな表情をしておれを見つめ返した。「いいかね。

おれは須根河尻先生の弟子なんだ。詩を教えてもらっている。その先生が発起人をやっている会の悪口を書かれたんじゃ困るんだ。つまり先生に、あんたがこの店へいつも来ているってことを知られると、おれは先生から睨《にら》まれる。この店へは詩の雑誌の同人がよく来るのでね。先生も二、三度来たことがある」

「ははあ」おれはぼんやりと、一見文化人風のマスターを見つめながらいった。「あんた、おれにこの店へくるなっていうのか」

マスターは気の毒そうな顔をした。「痔民党支持のマスターがやっている喫茶店なら、駅の向う側の」

「おれは痔民党じゃないったら」いらいらした。

「じゃ、何党だい」

「コーヒーを飲むのに、支持党は関係ないだろう」ロブスターを飲み乾し、おれは立ちあがった。「もう来ないよ」

「悪いな」マスターが、そっぽを向いたままでいった。

おれはあまり驚かなかった。書いたことでひとと仲違《なかたが》いすることは今までにもよくあったし、地方都市ともなれば、これくらいのことはあって当然なのだろうと思い、気にしないことにした。それでも二、三日は気分が悪かった。

新しく出るおれの本の打ちあわせで上京して帰ってきた日の午後、マンションの玄関でおれは初老の管理人と顔をあわせた。この管理人には、おれが独身である関係上、いろいろな雑用で厄介《やっかい》になっていた。

「やあ」いつも無愛想な管理人が、にこにこしておれに会釈《えしゃく》した。「あなたの名前が昨日の垢旗に出ていましたね」

「えっ」おれは立ちすくんだ。「畜生。兇産党め。無断であのことを記事にしやがったな」

「ほほう。あれは無断だったのですか」管理人はあいかわらずにこにこしたままである。

「それは怪《け》しからんことで」

おれは管理人に訊《たず》ねた。「あんた、兇産党だったのか」

「いいえ。どうしてですか」彼はにこやかにかぶりを振った。「わたしは兇産党員でも、兇産党支持でもありませんよ」

「じゃ、どうして垢旗なんか読んでるんだい」

彼は少し口ごもった。「わたしの知人が、ここに出ているのはこのマンションにいる作家じゃないのかといって、心配して持ってきてくれたんです」

「ほう。おれの載った号を持ってるのか。見せてほしいな」

「あとで、お部屋の方へ届けましょう」

部屋に戻ってヴェランダのガラス戸を開け、空気を入れかえていると、「垢旗」を手にして管理人が入ってきた。

「お邪魔します」彼はおれが何も言わないのに勝手にあがりこみ、ソファに腰かけてしまった。「あなたが兇産党を支持していらっしゃるのでないと知って、安心しましたよ。じつはこのマンションの他の部屋のひとたちが、自分の住んでいるマンションに兇産党支持のひとがいては困るといってわたしの方へ苦情やら愚痴やら」

「他人の支持政党がどこであろうと、ほっときゃいいじゃないか。おせっかいな連中だな」おれはそういって手を出した。「垢旗を見せてくれ」

「垢旗」をおれにさし出しながら、管理人は哀れむような眼でおれを見た。「ところがあなた、この助駒市ではそうもいかんのです。いや、本当は助駒市に限らず、ある程度はどこでもそうであり、また、そうでなきゃいかんのだが、誰もが自分の支持政党とか支持団体をはっきりさせないことには生活できないんです。特にあなたのような文化人の場合ですと、周囲によけいな混乱を起さぬ為にも尚《なお》さらご自分の旗色を鮮明にしてもらう必要がある」

「こんな日本の地方都市では、あるいはそうでなきゃいかんのかもしれないな」おれはうわのそらで管理人に相槌《あいづち》を打ちながら「垢旗」を拡げた。

痔民党に対するおれの罵倒《ばとう》が記事になっているのを見つけ、読もうとした時、開いたままになっているドアから、留守中に局で保管してもらった大量の郵便物をかかえ、郵便配達の男が部屋に入ってきた。

「や」若い郵便配達は封筒の束や小包をどさっと床におろすと、ソファに腰かけている管理人を睨みつけ、鼻息を荒くしておれに訊ねた。「このひとは、なぜ、こんなところに来ているのですか」

「なぜってことはないだろう」おれは郵便配達の勢いに驚き、眼を丸くした。「このひとはこのマンションの管理人だ。おれの部屋にいたって不思議はないよ」

「管理人としてなら許せます。しかしおそらく、そうではないでしょう。あなたはこの男が創禍学会員であり、したがって当然のことながら公迷党支持だということをご存じなのですか」鼻孔《びこう》をおっ拡げた郵便配達の声はますます大きくなった。「この男はあなたが昨日の垢旗の記事のことで怒っておられることを利用し、あなたに兇産党の悪口を言わせ、それをきっかけにあなたを公迷党支持団体へひきずりこみ、さらにはあなたを折伏《しゃくぶく》して学会員にしようとしているんですよ」

管理人がさっと立ちあがり、郵便配達に指をつきつけ、おれに向って叫んだ。「この男はBL教団の、この町の支部長です。あなたが以前公迷党や創禍学会の悪口を書いたことを助駒新聞のあなたの随筆を読んで知り、なんとかしてあなたを教団へひきずりこもうとしているんです。気をつけてください。BL教団なんて、この助駒市では小さな組織です。そんなところへ入ったら大変だ。たいていの喫茶店ではことわられ、駅前のスーパー・マーケットでは買物ができない」

「創禍学会へ入ったら、この町のほとんどの理髪店では散髪をしてもらえません」郵便配達は身もだえるような仕草をした。「ああ。わたしの配達区域から新しい学会員など出してなるものか。そんなことになったら、わたしは支部長をくびになってしまう」

「このマンションはわたしの縄張りだ」そう叫び、管理人が床を強くどんと踏んだ。

その音にショックを受け、郵便配達はくるくるとその場でコマネズミのように四、五回まわってから、ぴょんと踊りあがって部屋の隅に立ち、招き猫のような恰好《かっこう》をした。

「外道《げどう》め」と、彼は叫んだ。「よくもお前はおれの子供を幼稚園から追い出したな」

「だまれ」管理人が郵便配達にとびかかった。「この魔にたぼらかされた人非人《にんぴにん》め。郵便局前の魚屋で、おれの好きなタコとアワビを売ってもらえなかった恨みは、まだ忘れていないぞ」

「ひゃあああ」怪鳥のような声を出し、郵便配達が前蹴《げ》りで管理人をつきとばしてから飛燕《ひえん》一文字踊りで彼の顔を狙《ねら》った。

「きええええ」管理人がヌンチャク（鎖棒）を出して振りかざした。

空中回転蹴り、急降下蹴り、必殺ひじ打ちとさらに秘術を尽してわたりあう二人をそのままにしておき、おれは郵便物の整理をはじめた。最初に小包を開けてみると、中は正方形のダンボールの紙箱で、その蓋《ふた》をあけるとでかい不透明プラスチックの球がひとつ、電池のようなものが二本、それにコイルやビニール線などがうじゃうじゃと詰っていた。差出人の名が書かれていないことに、おれははじめて気がついた。

「爆弾だ」おれは紙箱をテーブルの上に置き、あわてて電話にとびついた。

一一〇番をダイヤルし、おれは叫んだ。「爆弾が配達されてきました」

「はあ。そうですか」気乗りせぬ様子で若い男の声がいった。「で、そちらの住所とお名前は」

おれはマンションの場所を教え、自分の名を名乗った。

「そうら。やっぱりかかってきたぞ」若い警官がくすくす笑った。「きっと何かが起るだろうと思っていましたよ」

「どういう意味ですか」

「あなたねえ、有名な作家の癖に自分の立場もあきらかにしないであちこちの政党や支持団体の悪口を喋りまくったでしょう。いけませんよ」ねちっこい口調で警官はいった。「その爆弾はおそらく、あなたが痔民党の悪口を言ったために右翼のやつが送ってきたか、あるいはあなたがいずれ悪口を書くであろうと予想して極左のやつが送ってきたかどちらかでしょうな」

「それは今、どちらでもいいことでしょう」おれは怒鳴った。「早く処理班を寄越してください」

「ところがねえ」警官はちょっと口ごもった。「弱ったな。うちの爆弾処理班は全員が斜会党支持なんですよ」

おれは驚いて眼を白黒させた。しばらくは二の句がつげなかった。「じゃあ、ど、ど、どうすればいいんですか」

「そうですなあ」警官は嬲《なぶ》っているような口調で浮きうきと答えた。「環境局の連中でしたらたいてい兇産党です。ああ、それから税務署の連中ですと、ほとんど全員が痔民党で残りは民射党」

「税務署へ電話したって、しかたないじゃないか」

おれが送話口へ絶叫を送りこんだ時、開いたままのヴェランダからどやどやと数人の自衛隊員が入ってきた。

隊長らしい若い男がいった。「自衛隊助駒基地、爆発物処理サービス部隊のものであります」

「もういい」おれは受話器に向っていった。「自衛隊が来てくれた」

「自衛隊ですと」一一〇番の警官はうろたえた声を出し、あわてた様子で叫んだ。「待った。自衛隊なんかに処理させちゃいけません。こっちの処理班がすぐ急行します。そ、そいつらは」

「うるさい。今までさんざ厭味《いやみ》を並べ立てておいて、今さら何を言ってやがる」おれは受話器を強く架台にたたきつけ、自衛隊員たちに小包の紙箱を指し示した。「あれです。あれがそうです。爆発しないうちに早くなんとかしてください」

「その前に、うかがっておきたいことがあります」隊長らしい男がかちりと靴の踵《かかと》を揃《そろ》えて直立不動の姿勢をとり、切口上《きりこうじょう》でおれを睨み据えた。「あなたは自衛隊を合憲とお考えでしょうか。それとも違憲とお考えでしょうか。ご自分の意見がおありの筈です。それを承《うけたまわ》りたい」

おれはまた、一瞬唖然《あぜん》とした。「あの。それを言わないとあの、爆弾を処理して貰えませんか」

「言わなくてもよろしい」ヴェランダから、警察の連中がなだれこんできた。「わたしたちが処理します」

「や。こいつら。おれたちの縄張りを」

「何をお前らこそ」

自衛隊員と警官が部屋の両側に陣取って撃ちあいをはじめた。銃弾が部屋の中央の爆弾入り紙箱をかすめ、ひゅんひゅんと飛び交《か》った。まだ死闘を続けていた管理人と郵便配達はたちまち弾丸で穴だらけになり、朱《あけ》に染まって倒れた。こんなところに長居は無用とばかり部屋から逃げ出したおれがヴェランダからマンションの前庭へ降りた時、ついに銃弾の一発が爆弾に命中したらしく、轟然《ごうぜん》たる爆裂音が頭上で起り、ガラスの破片がばらばらとおれの上へ落ちてきた。

これをきっかけにして助駒全市内に三つ巴《どもえ》四つ巴、いや七つ巴八つ巴、いったい誰と誰が戦っているかさえしかとはわからぬ大きな争いがまき起り、町は阿鼻叫喚《あびきょうかん》の巷《ちまた》と化してしまった。うろうろと逃げまわるおれはそれまでの旗色不鮮明が災いしてどこへ行っても攻撃目標にされ、隠れる場所とてなく、イソップに出てくる蝙蝠《こうもり》そこのけの哀れをとどめた。

「もうこんな町はいやだ」と、おれは思った。「逃げ出そう」

だが、逃げ出せなかった。なにしろこの町にある三つのタクシー会社たるや、ひとつは運転手全員が創禍学会、ひとつは全員BL教団、残るひとつは全員天狸教であって、町中が戦火に包まれ、それまでの陰湿な反目《はんもく》が大っぴらに表面化した今となっては、どれかひとつを選んで信仰の道に入らなければ乗せてもらえないのである。頼みとするは鉄道であるが、これは国鉄がカソリックで私鉄がプロテスタント、互いに敵意の火花を散らしている。おれはこの町からどこへも出られないのだ。誰か助けにきてくれ。

弁天さま

画劇場を見ていた。

弁天《べんてん》さまが家へやってきたその晩、おれは女房と五歳の息子の家族三人でテレビの洋画劇場を見ていた。

がらがらと玄関の格子戸が開き、ご免下さいませというなまめかしい若い女の声がしたので、女房はすぐに立ちあがり、茶の間とは襖《ふすま》一枚で隔たっている二畳の玄関の間へ出て行った。郵便配達とか出前とかダスキンの取り替えなら男の声だから、女房はいつも顎《あご》でおれに出ろと命じるが、女の声だから自分がとんで出たのだ。女房は嫉妬《しっと》深いのである。

「ひゃあーっ」

女房の、悲鳴とも嘆声とも歓声ともつかぬ声がし、続いてどしんと女房のでかい尻《しり》が玄関の間の畳の上に落下したための地ひびきが家をがたがたと顫動《せんどう》させた。

「ど、どうした」おれと息子は玄関の間へとび出した。

三和土《たたき》には弁天さまが立っていた。

「これはまあ、あなたは弁天さま」おれもへたへたと腰をおとし、女房の隣りでべったりと正座した。

「夜分遅くにお邪魔いたします」色白で、頬《ほお》だけがピンクで、つやつやと光る真紅の唇をした美しい弁天さまが、白い糸切り歯をちらと見せながら微笑してそういった。「突然お伺いしてたいへんお驚きのようです。申しわけありません」

「いえ。いえ。いえ。そんなことはちっとも」おれははげしくかぶりを振った。「してまた、なぜこんなむさくるしい、わたしどものようなところへお見えになりましたか」

「あら。それはもちろん」弁天さまはちょっと得意げな表情で、頭上左右に大きな楕円《だえん》を描いている華鬘《けまん》で飾られた髻《もとどり》を振りかざした。「あなたに福を授けに参りましたのよ」

考えてみれば弁天さまは七福神のひとり、その弁天さまがやってきたからにはこれはもちろん福を授けにきたわけであって、他に用なんかあるわけがない。これはあたり前のことだ。

「おいお前。何をぼんやりしている」おれは横で腰を抜かしたまま眼をうつろに見ひらいている女房を叱《しか》りつけた。「弁天さまを奥へ早くお通ししないか」

だいたい女というものはみんなそうだが、以前から自分に都合のいい時だけやたらに信心深かった女房が、はっとした顔で腰を浮かした。「まあ。まあ。まあ。弁天さま。よくお越しになりました。奥へお通しするというほどの家ではございませんが、どうぞおあがりになってくださいませ」今や満面に笑みを浮かべ、よだれの出そうな口もとをして女房は、茶の間との境の襖を大きく開き、弁天さまを請《しょう》じ入れようとぺこぺこ頭を下げた。「まあ。福をくださいますそうで、ありがとうございます。これでわたしたちも味気ない貧乏暮しから抜け出せます」

「そうですか。それでは遠慮なくあがらせていただきます」

弁天さまは、かかえていた琵琶《びわ》をあがり框《がまち》へ無造作にことんと置き、羽織っていた半透明の羽衣をゆらりと背後の頭上にゆらめかせると、足を使わずまるで幽霊みたいにすっと玄関の間へあがって、そのまま畳の上何センチかの宙をつつつーと茶の間へ一直線にすべりこんだ。なるほど弁天さまは天女の一種であるからして、ああいう具合に宙を行けるわけだなあなどと余計なことに感心しながら、おれと女房と息子は大いそぎで彼女のあとを追って茶の間に戻り、卓袱台《ちゃぶだい》の上空をふわりと飛び越えて上座に落ちついた弁天さまを、部屋の反対側の隅に親子三人べったり正座してははあっと伏し拝んだ。

「南無金光明経大弁財《べんざい》天女様」こういう際にはどう言えばいいのかまったく知らないので、おれは思いつくままに口から出まかせを大声でわめき立てた。「何とぞこの哀れな、しがないサラリーマン家庭のわれわれに、無礙《むげ》弁才をそなえさせたまえ。福知を増さしめたまえ。長寿と財宝を得さしめたまえ。天災地変を除滅させたまえ」

間違えてアーメンと口をすべらせた息子の頭を力まかせにはりとばし、欲張りの女房が声をはりあげた。「願わくばダイヤモンドの指輪をたくさんたくさんあたえたまえ。それからお金をあたえたまえ。願わくば一億円も二億円もあたえたまえ」唾《つば》をとばしはじめた。「それから願わくばいい器量とスタイルをあたえたまえ。ついでに願わくば長生きをさせたまえ。千年も万年も生かせたまえ。それからあの、あの、着物を、金紗《きんしゃ》のお召」

女房のあまりのはしたなさを見るに見かね、おれは女房の頭をぶん殴った。

「こら」おれは女房を怒鳴りつけた。「厚かましすぎるぞ。お願いごとはあとだあとだ。それより早くお茶をさしあげろ。いや。あの、あの、お供え物を」

「はい。はい。はい。はい」女房はおろおろと立ちあがった。「でも、お供え物なんて、そんなもの、今、うちには何も」

「あらあら。そんなにしていただかなくってもよろしいのよ」弁天さまは白魚のような指を少しあげておれたちを制した。「ただご主人に、わたしがあなたがたに福を授けるための行事をしていただければよろしいのです」

「ははあ。それはもう、できますことなら何でも。で、その行事と申しますのは」

弁天さまはおれを指さした。「これはあなたにしかできないことになりますが、あなた自身の豊饒力《ほうじょうりょく》の象徴をわたしに奉納していただきます。つまりあなたの男根をわたしに捧《ささ》げること、早くいえばあなたがわたしと交媾《こうごう》すること、この行事によってのみ、わたしはあなたがたに福を授けることができるのです」弁天さまは顔を赤らめもせず、無邪気な笑いを眼もとに浮かべながらそういった。

おれはぶったまげた。「あの。あの。左様なもったいないことをいたしましても、あの、およろしいので」

「古来、福を授かろうとする儀礼には常に性的許容がございました」と、弁天さまはいった。「ましてあなたは、神様と直接するわけでしょ」

「そうですね」おれは白痴のようにぽかんと口をあけて弁天さまを見つめたまま、ぼんやりとうなずいた。

この美しい弁天さまを抱けるなんてまるで夢のようだが、それにしても弁天さまの欲求をうまく完全に満たすことができるだろうか。有難すぎて不能に陥るのではないだろうか。現にそういう話を聞かされてもおれの内部には何らこの弁天さまに対する性的衝動が湧《わ》きあがってはこないではないか。弁天さまがあまりにも美しすぎ、あまりにも可愛らしすぎるためだろうか。それとも神々しすぎるためだろうか。それともだしぬけにそんな話をもちかけられたものだから驚愕《きょうがく》して、ほんの一時萎縮《いしゅく》しているだけなのだろうか。

そんなことを考えていると、まだぴんとこないらしい女房が横からおれの尻を小突いた。「あなた。コーゴーって何のこと」

おれは小声で彼女に耳打ちした。「交媾ってのはつまり、セックスだ」

「ま」女房がこころもち背をのけぞらせた。「じゃ、弁天さまが。まあっ。ではあなたが弁天さまと、セ、セ、セックス」かりかりかり、と、女房の眉《まゆ》が吊《つ》りあがった。「なんてふしだらな」そう叫んでからあわてて口を押さえ、女房ははげしくかぶりを振った。「そんな。そんなおそれ多い。そんなことしたら罰が当たります。それは、か、神様に対する冒瀆《ぼうとく》。でも、でもそれが弁天さまのお望みだとすると。ああ。わたし、いったいどうしたら」欲と嫉妬の板ばさみで、女房は狂気の如くもだえはじめた。「あ、あの、弁天さま。そ、それはあの、どうしてもあの、しなくてはいけないことなのでございますか」

「馬鹿者」おれは女房を怒鳴りつけた。「弁天さまに口ごたえするとは何ごとだ。相手は神様だぞ。神様をば世俗的な嫉妬の対象にするなどもってのほか」

女房はあわてふためいた。「いえ。いえ。決してやきもちなどでは」ここで弁天さまを怒らせては元も子もなくなってしまう。さりとて亭主が、たとえ神さまであろうと自分以外の者を眼の前で抱くなどとても快く許すわけにはいかないし耐えられるものではない。「でも、神様のおからだに触れることさえもったいないのに、あまりといえばあまりの非礼。さわらぬ神に祟《たた》りなし」

はげしい葛藤《かっとう》をどうにかしようとのたうちまわる女房の心中は察するにあまりあったが、あまりいつまでもためらい続けさせておくと弁天さまが気を悪くするから、おれは心を鬼にしてまたもや女房を叱りつけた。「だまれ。だまれ。神に非礼なし。弁天さまのおっしゃることに、もったいなくもそれだけとやかく文句をつけるのはあきらかに嫉妬だ。嫉妬に違いない。うそをついたって神はお見通しだぞ。神のおおせに背《そむ》いてはならないのだ」

弁天さまを抱けるのだという途方もないことが彼女自身を前にして次第に実感となり、大きく心を占めはじめ、おれは徐々に有頂天になりはじめていた。見れば見るほど弁天さまはこの世のものとも思えぬほど魅力的だったし、見ようによっては肉感的でセックス・アピールもあったからだ。

　女房は恨めしげにおれを睨《にら》んだ。うまいことといって、あなたはこの弁天さまがこんなに綺麗《きれい》だから抱きたいんでしょ、そういっておれの浮気心を詰《なじ》っている眼だった。

「その眼つきは何だ」ここぞとばかり、おれはまた叫んだ。「男にはすべてこういう局面がある。それが男のつらいところだし、それが世の中というものだ。それを理解し、亭主を許し、それに耐えてこそ良妻であり貞女なのだぞ」

　いささか封建的だとは思ったが、だいたい日本の神様そのものが封建性をぎっしり内包した存在なのだからしかたがない、おれはそう考えて自分の好き心を胡麻化《ごまか》した。

　ぶるぶると大きく身を顫《ふる》わせてから、女房は、ははあっと平伏した。「それではどうぞ。あの、どうぞ弁天さまのおよろしいように」欲が嫉妬心を打ち負かしたらしい。

　弁天さまはあいかわらずにこにこ笑いながらおれと女房の諍《いさか》いを見ていた。神様だから嫉妬という感情を理解できないのかとも思ったが、神話には神様同士のやきもち騒ぎがたくさん出てくるし、神様などというものは比較的残酷なことを平気ですることが多いから、もしかしたら内心でおれたちの喧嘩《けんか》を楽しんでいるのかもしれなかった。

「それではそろそろ始めましょうか」と、弁天さまがおれにいった。「あなた、こっちへいらっしゃい」

「え。あの、そこでやるんですか」今度はおれがうろたえた。と同時に、ややその気になりはじめていたものが、また萎縮してしまった。「しかしあの、ここには女房もいますし子供、そう、子供も」

「いいじゃないの」弁天さまはちょっと怪訝《けげん》そうな表情をした。「こういう神事をとり行うには、やはり見物人がいなければ」

なるほど神様だけあってセックスに対する考え方もおおらかなものだ、おれはそう思いながら立ちあがり、照れ臭さを押し殺して息子にいった。「おとなしくして見ているんだよ」横で騒がれては気が散って何もできない。

「はい」息子はすなおに膝《ひざ》をそろえた。

女房は顔を伏せ、身をこわばらせたままである。

「ええと。それでは布団を」

汚い煎餅《せんべい》布団しかないが、それでもないよりはましだろう、そう思いながらおれが押入れの襖《ふすま》を開けようとすると、弁天さまは畳の上へゆっくりと横たわりながら片手をあげて掌《てのひら》を左右にひらひらさせた。

「いりません、いりません、そんなもの。さあ。早くいらっしゃい」

「は、はあ」おれはまた大きくためらい、仰臥《ぎょうが》している弁天さまの足もとを意味なくうろうろした。

たとえ弁天さまから福を頂戴《ちょうだい》するための神事である、という大きな前提と立派な言いわけがあっても、女房と息子の検閲の前での性行為にはやはり心に咎《とが》めるものがあった。それはおれ自身の中に、福を授かりたいためという動機以外に弁天さまに対する助兵衛《すけべえ》心があるからに他ならなかったからであるが、しかし男性というものの肉体は、たとえば金欲とか信仰心だけでは性行為を営めるようにはできていない。当然女房だって検閲中におれの不純を悟るであろうが、もし動機が不純でなければ今度は金が欲しいというおれと女房に共通した大目標に近づけないのである。

「それでは失礼を」ためらうのをやめ、おれは着物を脱ぎはじめた。

仮に大文豪が性行為を描写するとして、たとえそこに文学のためという大前提があったところでその大文豪自身に性行為に伴う猥褻《わいせつ》な感情の体験が皆無であれば、これは文学的な描写とはならないのだから、そもそもどこまでが文学でどこまでが猥褻かの判断は誰にもつけられない。それと同じことだ。おれはそう思うことにしたのである。

女房がおそるおそる顔をあげ、おれと弁天さまの様子をじろじろ観察しはじめた。あきらかにおれの行為を、あれは浮気ではないのだと彼女自身に言い聞かせようと努めている表情だった。女房や息子にしてみれば、神事に参加しない限り福も長寿も弁才も貰《もら》えないのだからけんめいに眼を凝《こ》らしているわけなのであろうが、こちらとしてはやはり彼らの凝視を検閲と感じないわけにはいかない。しかしあまり気にし過ぎて意気沮喪《そそう》し、弁天さまに性的欲求不満でもあたえようものなら、福があたるどころか罰があたるから、おれはできるだけ彼らを無視し、弁天さまとの行為に没入しようとした。

パンツ一枚になったおれは、まず、クリント・イーストウッドの顔が大映しになっているテレビのスイッチを切り、弁天さまの足もとにひざまずいた。それからおもむろに、ごわごわした布地で作られている紕《ひ》帯《たい》を横へやり、蘇《す》芳《おう》の薄布で作られた裙《くん》と、さらにその下の褶《ひらみ》をまくりあげた。弁天さまの、恰好《かっこ》よくくびれた足首と、肉づきのいい白い腿《もも》が次第にあらわれ、おれの胸をときめかせた。弁天さまはおれが裾《すそ》をまくりあげやすいようにこころもち足をあげ、次に尻をあげた。おれの眼に弁天さまのむっちりとした白い太腿《ふともも》と×から×××にかけて××××××××××××をした××がとびこんできた。おれはもはや××××××××、鼻息を荒くしながらパンツを脱ぎ捨てておれの××××××××××××××××××××××××××××、さらに彼女の裾を××××××までまくりあげてから弁天さまの×××をした×××××××××××、両の大《おお》袖《そで》から腕をさしこんで彼女の乳房をまさぐりあて、ぐいと握りしめた。それからゆっくりと×××××××××。魚油の臭いがした。

「ああ。×××××××」と、弁天さまはやや眉を寄せ、×××××××××××××ながらいった。「×××××。×××××。××××」

「××、××××××××××××××××××××」と、おれは訊《たず》ねた。「罰があたって、あとで腫《は》れあがったり腐ったりするようなことはないでしょうね」

「ああ。もう、××××××××××、×××××」弁天さまはおれを強く×××××××、××××××××××××××。「××××。×××」

「はい。はい。はい。××××。××××」おれは勢いよく××××、××××××××××××××××××××××××。

「××」×××××、×××××××××××、×××××××××××。

××××××中は、×××、×××××。×××、×××××××××××××××××××××××××、すぐに××××××××××××。おれは弁天さまの××××××××××××。弁天さまも×××××××××××××、×××××××。

「××。××」

「ねえ。ママ」と、息子が女房にいった。「あのひとの声、ママのよりも大きいね」

「しっ」女房が息子の頭を小突き、またこちらに視線を凝らした。

弁天さまはますます××××××××××、おれはまるで××××××××××××××××××××、××××××。

「××。××××××、××××」

「××。××、×××××××××××」

「××。××」

「××。××」

「ねえ。あれ、そんなに苦しいの」息子が小声で女房に訊ねている。

伏字のためよけい興奮した女房は、眼をうつろにし、自分の×××××××、×××××××××はじめていた。

「××××、××××××」弁天さまは×××××××、××××××××××××

×××××××××××××××。

　××××××××××××××××××××××××、×××××××××××××××××××××××××××××。×××××、××××××××××××××、××××××××××。

「××。××××××××××××」×××××××××××××××××××××。

「×××××××」

「××。××××××」×、××××××。

「××××××××」

「××。××。××××」

「××。××。××××」

　××××××××、××××××××。

「×××。×××」

「×××。×××」

「××。××」

「××。××」

「××」×××××××××、××××××××、×××。

「××。×××」

「××。××」神さまのくせに×××××。

「××。××」

「××」×、××××××。

おれが×××××××××××した時、弁天さまは、ひひっ、という笑いを洩《も》らしておれのからだの下からすいと逃がれ、羽衣をゆらめかせてふわりと部屋の隅を天井ぎわまで舞いあがり、やや照れ臭そうな笑みを浮かべておれを見おろした。弁天さまの×××××、おれの×××、××、×××××××。

おれは荒い鼻息とともにぐったりと××××××××、××××××。××××××××××××××××××、×××××××××××××××、×××××××××××。

ふう、と息子が大きな溜息《ためいき》をついた。

女房が××××××××、おれの×××××、××××××××をした。

弁天さまは卓袱台《ちゃぶだい》に肱《ひじ》をついて横坐《よこずわ》りになり、背子《はいし》の下の胸をまだはげしく上下させながら、上気した顔を女房に向けた。「何か冷たいもの、ご馳走《ちそう》してくださる」

「おれにもだ」と、おれはいった。「飲みものをくれ」

女房は弁天さまにオレンジ・ジュースを、おれには水を持ってきた。弁天さまはビール名入りの安物のコップを傾け、おれの方に白い咽喉《のど》を見せてくい、くいとうまそうにジュースを飲み乾した。弁天さまにひと通りの満足はあたえたらしいので、おれはやや安心した。

息子は眼を丸くしたまま、おれと弁天さまの顔を見比べている。五歳の子供にとって、今しがたの一連の情景は少なからず衝撃的だった筈《はず》だが、どの程度の衝撃だったのかは、最近の子供の心理をまったく理解できないおれには想像することができなかった。

「いいご家庭ですこと」弁天さまがそんなお世辞を洩らした。

そのことばは、おれには皮肉のように聞こえた。女房もそう感じた筈である。

「こんないいご家庭なら、遠からず福が来ますよ」

いますぐ福をくれるというわけではないらしい。おれはちょっと不安になった。

神様にしつこく確約を求めるわけにもいかないので、おれは遠まわしに訊ねてみた。

「まったく、こんな貧乏暮しはつくづく厭《いや》になりました。いつになれば楽になれるのでしょう」

弁天さまはことばを濁した。「そりゃあ、まあ、そのうちには必ず、ね」

女房がありありと不満そうな顔をした。

「ではそろそろ」弁天さまが、ふわりと立ちあがった。「ながいことお邪魔してしまいましたわ」

「そうですか」おれは腰を浮かした。「まあそうおっしゃらず、どうぞごゆっくり」本当は女房と二人きりになるのがこわいので、弁天さまをなるべくながくひきとめておきたかったのである。

だが弁天さまはまた、つつつ、と、滑るように玄関の間に出て、そのまま三和土《たたき》の上数十センチの宙に浮かび、ついて出たおれたちを振り返って歌うようにいった。「では、さようなら」琵琶をとり、肩にかついだ。

「どうぞ、またお越し下さいませ」女房が心にもないことを言い、息子と一緒にあがり框《がまち》へ額をこすりつけた。

おれは三和土におり、格子戸を開き、皮肉な笑みを口もとに浮かべている弁天さまと一緒に路地へ出た。

二、三歩行きかけた弁天さまは、ていねいに頭を下げているおれの方をちょっと振り返った。意味ありげに、にやりと思い出し笑いを頰に浮かべて、彼女はうなずいた。

「それじゃ、ね」

いひひひひ、と笑いかけてあわてて真顔に戻り、おれはまた頭を下げた。「ははあ」

弁天さまは琵琶を肩にかついだまま、街灯に照らし出されたうす暗い夜道を、ふん、ふんと鼻歌をうたいながら帰っていった。

弁天さまを送り出しておれが家に戻ると、息子が玄関の前に立ちすくんでいて、三和土では般若《はんにゃ》のような顔をした女房が息子のバットを握りしめ、立ちはだかっていた。

三和土で、女房はおれを叩《たた》きのめした。

モダン・シュニッツラー

宇宙飛行士とダッチ・ロボット

宇宙飛行士　やいやい。もうそれ以上股《また》をおっ拡《ぴろ》げられねえのか。くそ。あと百三十八時間もあるんだぞ。どうしてくれる。時間給で週給なみにくれるというから乗ったけど、こんなひどい船たあ思わなかった。出発前にお前のからだ点検しときゃよかった。こいつめ。こいつめ。ええい。がたがたじゃねえか。
ダッチ・ロボット　とてもいいわ。
宇宙飛行士　馬鹿。まだ何もしちゃいねえや。あ。サーモスタットも故障してやがる。こんなスクラップ船の備品なんかあてにせずに、自分の金でもっといいのを買ってくりゃよかった。いけねえ。気圧が下り出した。ああ。酸素が残り少ない。これじゃあまり楽しめねえな。くそ。くそ。どんなやつがこんな乱暴な使いかたしやがった。やい。お前今までに、何人の宇宙飛行士を相手にした。
ダッチ・ロボット　とてもいいわ。
宇宙飛行士　ちっともよくねえや。ああなさけない。こんなつまらねえ人形で欲望を充《み》たさなきゃいけないなんて、ああつまらねえ。ああつまらねえ。淋《さび》しいなあ。こんな変な人形と一緒だから、よけい淋しくならあ。遠いんだなあ。地球から離れてるんだなあ。ふん。何言ってやがる。もっと遠いところへだって、ひとりで行ったことがあるじゃないか。ひとりでいちばん遠くまで行ったのは土星。五年ほど前だったなあ。あの時はこんなスクラップじゃなかったなあ。船も人形も。おれも落ちぶれたなあ。ええ。やめろやめろ。お前、たった五年でそんなに気が弱くなったのかよう。何てえことだい。あの時と何の変りがあるか、あの星に。見ろ。同じ星が同じように光ってるじゃねえか。いけねえ。涙が出てきやがった。くそ。どうしたってんだ。お前もスクラップになったのかよう。ええい。やっちまえ。早くやれ。ちっとは気分が楽にならあ。早くお前のでかいのを出せ。これだ。さあ驚いたか。ベス。シャーリイ。ジュディ。美也。フランソワズ。この赤黒くてぎらぎら光っている先太りの代物《しろもの》をぶちこんでやるぜ。はあ、はあ、はあ。ぐさ。いてててててて。いけね。小陰唇がささくれ立ってやがら。誰《だれ》だこんな使い方したのは。えい。えい。やっと入った。

ダッチ・ロボット　とてもいいわ。

宇宙飛行士　さあどうだ。おれは宇宙飛行士。これは人類の偉大なるひと突きだ。けけけけけけ。はふ、はふ、はふ。痛え。いてて。いててて。粘液不足だ。あれ。焦げ臭いぞ。どこかが接触不良だ。ま、いいさ。気にするな。ああ。ああ。ベス。シャーリイ。ジュディ。美也。フランソワズ。海だ。海が見えてきた。これはどこの海だ。フロリダの。いや違う。あんなに汚染された海じゃない。北極の。いや、あそこも汚染されている。湖にしよう。そうだ。お前の眼は湖だ。どこの湖だ。汚染されていない湖だ。そんな湖、あったっけ。まだ誰にも発見されていない湖だ。そうだ。その湖だ。あふ。あふ。お前は湖だ。

ダッチ・ロボット　とてもいいわ。

宇宙飛行士　ちょっとよくなってきたな。あは。あは。あは。ベス。シャーリイ。ジュディ。帰ったら時間給だ。

ダッチ・ロボット　とてもいいわ。

宇宙飛行士　はふ。はふ。はふ。はふ。

ダッチ・ロボット　とてもいいわ。

宇宙飛行士　時間給。ああ出しちまった。

ダッチ・ロボット　とてもいいわ。

宇宙飛行士　ああ苦しかった。酸素量上げたいけど、節約しなきゃな。あ。血がにじんでやがる。ひでえもんだ。ぴりぴりする。何か塗っとこう。やっちまっても、ちっともすっきりしねえな。よけい淋しくなるばっかりだ。げっそりするな。あと百三十七時間か。ふん。何が海だ。何が湖だ。この、ささくれおまんこめ。おれの心より荒れてやがるぜ。さて、栄養士資格試験の問題集でもやるか。その前に、こいつの膣《ちつ》を洗っとこう。

ダッチ・ロボット　とてもいいわ。

ダッチ・ロボットと農夫

農夫　おら、お前さまみてえな別嬪《べっぴん》、見たことねえだよ。姐《ねえ》ちゃんよ。

ダッチ・ロボット　あら。嬉《うれ》しいわ。

農夫　お前さま。なんとまあ綺麗《きれい》な肌してるだなあ。こんなつやつや光った肌、おら、見たことねえだ。最近の女子衆《おなご》、こんな肌しちゃいねえだ。みんな、不細工になっちまっただ。だどもおら、貧乏な百姓だで、その女子衆でさえ抱くこと叶《かな》わねえだ。嫁の来手もねえだ。だからおら、農協から金借りてここさ来ただよ。来てよかっただ。ダッチ・ロボット・センターに、お前さまみてえな別嬪さんがいるとは、おら、ちっとも思わなかっただ。お前さまが抱けるかと思うただけで、おらあもう、心臓が口からとんで出るだよ。

ダッチ・ロボット　とても嬉しいわ。人間扱いしてもらえて。でもわたし、ダッチ・ロボットとしてはそんなに高級な方じゃないのよ。宇宙船の備品だったの。昨日払い下げになったばかりなのよ。宇宙船はひどかったわ。宇宙飛行士ときたら、いやな奴ばっかりで。淋しい癖に強がってばかりいて。あれじゃ、慰めてやる気はしなかったわ。おまけにわたしを機械扱いして、だからわたし、癪《しゃく》にさわって、故障したふりしてやったわ。

農夫　そうけえ。そうけえ。そらよかっただなあ。ああ。おらもう、矢も楯《たて》もたまんねえだよ。気が違うだ。早くその服さ脱いでくんろ。

ダッチ・ロボット　あら、わたしの話聞いてくれないの。

農夫　聞くとも。聞くとも。終ったあとで、いくらでも聞いてやるだよ。おらもう、早く一発ぶちかましたくてたまんねえだ。そうら姐ちゃん。これ見てくんろ。いきり立ってるだ。青筋立ててるだ。湯気出してるだ。青くさい匂《にお》いぷんぷんさせてるだ。べとべとになってるだ。これ見て、どうもならねえだか、姐ちゃんよ。さあ。脱いでくんろ。話はあとで、いくらでも聞いてやるだからな。

ダッチ・ロボット　ふん。田舎者《いなか》。終ったあとで話なんか聞いてくれないにきまってるわ。

農夫　あ。何か言ったかね。

ダッチ・ロボット　いいえ。何にも。

農夫　さあ。ぶちこむだぞ。これまわすだぞ。ぶちまけるだぞ。そらどうだ。そらどうだ。

ダッチ・ロボット　とてもいいわ。

農夫　おらもとてもええだ。おら、またお前さま買いにきてやるだからな。おら、今年からクロレラやるだからな。野菜不足で、来年はクロレラが高い値で売れると、農協の禿茶瓶《はげちゃびん》が教えてくれただ。あれなら場所もとらねえし、楽にたくさんできるだ。

それ売って金をこしらえて、また来年来るだよ。きっとくるだ。ぶふ。ぶふ。ぶふ。

ダッチ・ロボット　とてもいいわ。

農夫　どうしただ。お前さま、おっ始めるなり急に冷たくなって、不愛想になったでねえか。まあ、ええだ。その冷たい顔がまた、何ともいえねえだ。ぶふう。ぶふう。たまらねえだ。おら来年クロレラやるだ。金儲《かねもう》けるだ。姐ちゃんよ。ああ、姐ちゃんよ。とてもええだ。この暖かくてずるついてうじうじのあるお前さまの下っ腹ん中あたまらねえだ。ぶふう。ぶふう。ぶふう。やっ。クロレラ。やった。やっちまっただ。おらもう、いっちまっただよ。よかっただよ。とてもよかっただよ。また来るだ。おら、クロレラの培養槽買いに行かにゃあならねえで、こんなところにぐずぐずしちゃあいられねえだ。また来るだよ。姐ちゃん。達者でな。おらのズボンどこだべ。

農夫と鶏

鶏　コケッ。コケーッコッコッコッコッ。

農夫　こら。逃げるでねえだ。さあつかまえただぞ。暴れるでねえちゅうに。

鶏　コケーッ。コケーッ。

農夫　おら損しただ。クロレラはちっとも売れなかっただ。あれは肥料とお前の餌《えさ》にしかならなかっただ。おら、笑われただぞ。考えてみりゃなるほど、野菜が少しでもあるうちは、あんなまずいもの誰も食わねえだ。おら、金がなくなっただ。これで嫁の来手も完全になくなっただ。どうしてくれるだよ。金がなくてはダッチ・ロボット・センターへも行けねえでねえか。おら、またいつものようにお前とやるだ。尻《しり》向けろ。汚い尻、こっちさ向けろ。

鶏　コケーッ。コケーッ。コケーッ。

農夫　痛えいてえ。この馬鹿鶏めがおらの先太りの先っぽ小突いただな。血が出たでねえか。もう承知しねえだ。首さ締めてやるだぞ。

鶏　グェーッ。グェーッ。

農夫　入っただ。クロレラまみれ糞まみれのお前の小せえ尻ん中さ、おらのでけえ赤黒い代物がざっぽりと入っただよ。ぶふぶふ。ぶふ。あのダッチ・ロボットはよかっただ。あのダッチ・ロボットを抱いてから、おら、あのダッチ・ロボットの夢ばかり見るだ。お前みてえな馬馬馬鹿鶏の夢は、見見見見なくなっただ。ぶふう。ぶふう。ぶふう。ええだ。猛烈にええだ。こらいってえ、どうしたことだ。お前いつからそんなに具合よくなっただか。はは あ。首締めてるからだな。首締めると尻の穴もよく締まるだ。おら大発見しただ。

鶏　グェーッ。グェーッ。

農夫　あ、あ、あ。早えこといっちまうだ。もういっちまうだ。ぶふう。ぶふう。

鶏　ケッ。クワーッ。

農夫　いっただ。いっちまったただ。ええい気がむしゃくしゃするだ。金さえありゃあ、おら、お前みたいなもん相手にゃしねえだぞ。ああ気持が悪いだ。行きやがれ。早くあっちさ行くだ。このうす汚ねえ尻の穴からおらの出した白え精液ぼたぼた垂れ流して鶏小屋さ入るだ。これ。早う行けちゅうに。おんや。離れねえだぞ。大変だてえへんだ。取れなくなっただ。さっき首さ締めたからかもしれねえだ。離れねえだ。えい。えい。

鶏　コケーッ。コケーッ。コケーッ。

農夫　こらまあ、えれえことになっただ。はあ、おら、困っただ。どうしたらよかべ。このままにしとけねえだ。股ぐらさ鶏ぶら下げて野良さ出られねえだ。朝は早うからこけこっこ、こけこっこで満足に眠りもできねえだぞ。そうだ。万作の畑さ買って建てたあの研究所、あそこにゃ偉え先生がいるだ。おら、あそこへ猿や鼠《ねずみ》の餌にするクロレラ持って行ったことがあるだ。あの生物学の先生に見せて、とってもらうだ。さっそく行くべえ。こら、静かにするだ。ええ、鳴くでねえちゅうに。皆がじろじろ見るでねえか。

鶏　コケッ。コケーッコッコッコッコッ。

鶏と生物学者

生物学者　あっ。驚いたある。ぶったまげたのことある。お前コケコッコの分際で、わたしに何するあるか。

鶏　李先生。わたしあなたが欲しいの。あなたを愛してるの。

生物学者　いくらわたし好きだわっても、コケコッコが、寝ている人間さまのズボンのボタン嘴《くちばし》で勝手にはずす、これ非常によくないあるな。地面からミミズ掘り出すみたいに、わたしの陳さんと金さんパンツの中からほじり出す、ペケあるぞ。わたし研究に疲れてここのソファでぐすり眠ていたある。わたし一どきに眼が醒《さ》めてしまたのことあるよ。

鶏　わたし燃えてるの。我慢できないの。ねえ。なんとかして李先生。

生物学者　お前それ、わたしが好きだから違うある。あの百姓の男にいつもやられていたから、癖になっているだけのことあるぞ。男が欲しいだけのことある。

鶏　ねえ。お願い。

生物学者　あっ。わたしの下腹の上にすわり込む、いかんある。そんなところで卵産むみたいな恰好《かっこう》、ポコペン駄目ある。お前わたしを誰思うあるか。お前の恩人あるぞ。わたし筋肉弛緩《しかん》剤注射して、あの百姓の男とお前のからだ引き離してやったある。

そのお礼に、わたしあの百姓の男からお前貰《もら》ってやったある。その上お前の脳に酵素やらコリンエステラーゼあたえてニューログリアふやしてやったある。お前の知能改良してやって、お前話のできる知的鶏にしてやったある。思い出すよろし。その恩人のわたし男妾扱いする怪《け》しからんある。あ。いかんある。困るある。嘴で包皮ひんめくる痛いあるな。わたし包茎ある。短小ある。早漏ある。やってもちっともよくないのことよ。

鶏　感じて。ねえ先生。感じて。ほら。よくなってきたでしょ。

生物学者　いかんある。大変ある。陳さん鎌首持ちあげてきたある。このままではお前とどうにかなってしまうある。わたし、コケコッコと関係したくないのことよ。そこ、どくよろし。やめるよろし。わたし興奮してきた。ほひー。ほひー。

鶏　ああ。もう、たまんないわ。先生。ご免なさいね。

生物学者　えらいことある。入ったある。羽根ばたつかせるの、やめるよろし。動くと感じるあるよ。助けるよろし。ほひー。ほひー。

鶏　ああ。ああ。ああ。ああ。ああ。ああ。

生物学者　ほひー。ほひー。も、駄目ある。死ぬある。眼の前まくらくらのことよ。

鶏　コケーッ。

生物学者　出したある。えらいことになったある。わたしとうとうコケコッコと深い仲になてしまたよ。わたし悪いことしたある。反省するある。お前犯したのこと許すのことよ。わたし真面目《まじめ》な学者ある。責任取るある。もう お前、一生離さないある。ずっと面倒見てやるあるぞ。

鶏　いやあよ。だって先生、鶏よりもひどい早漏なんだもの。さよなら。ばたばたばたばた。

生物学者　それ、ないのことある。行ってはいかんある。帰るよろし。戻るよろし。曖呀。

生物学者とコンピューター

生物学者　プログラマーがいないから、わたし、一万二千の卵のDNA、勝手にプログラムしたある。オペレーターがいないから、わたし勝手にこのコンピューター使うある。このプログラム食わせるよろし。食ったある。

コンピューター　ばりばりばりばりばり。

生物学者　様子がおかしいあるぞ。コンピューター顫《ふる》え出したある。どうしたのことあるか。

コンピューター　ちゃかぽこ。ぴい。がりがりがり。きんきらきんきんきらきん。び。びび。びびびび。び。

生物学者　興奮しているある。どうしたのことあるか。あ。大変ある。入力装置がわたしの服の袖《そで》くわえこんだあるよ。はなすよろし。やめるよろし。えらいことある。

コンピューター、わたしをひきずりこもつむりある。このコンピューター、女あるか。わたしとうとう、今度こそえらいものに好かれたあるよ。誰か助けるよろし。も、駄目ある。胴体全部吸いこまれたある。わたし、もうお陀仏《だぶつ》あるか。悲しいある。生きていたいある。研究し残したこと、山ほどあるある。これが浮世の見おさめあるか。噯呀。

コンピューター　ぺきぺきぺき。ごりごり。きゅーん。きゅーん。ぷちゅ。ぷちゅぷちゅぷちゅぷちゅ。ぐっちゃ、ぐっちゃ。ぐっちゃ、ぐっちゃ。こん、ここんこん。こん。こん。ぱちぱち。ぱち。がりがり。ぴい。ぴぴいぴいぴいぴい。ぼん。

生物学者　出てきたある。わたし出力装置から抛《ほう》り出されたあるぞ。立てないある。腰が抜けたある。わたし、ふらふらある。わたしの精液、全部吸いとられたのことよ。わたし腎虚《じんきょ》ある。だけど、とてもとてもよかたある。こんな快美感、わたし今まで知らなかたあるよ。も、死んでも本望ある。ほひー。ほひー。駄目ある。動けないある。わたしこのコンピューター、愛するある。お前もわたし、愛するあるか。

コンピューター　ごとごとごとごと。

コンピューターとプログラマー

プログラマー　ねえちょいと、どうしてそんなに冷たい顔してるのさ。わたしゃもう、頼る人はお前さんしかいないんだよ。そう。お前さんだけが頼れる唯一《ゆいいつ》の人なんだよ。人間の男は駄目。みんなわたしをだましたわ。ねえお前さん。ああ、お前さんの肌はどうしてこんなに滑らかで冷たいの。ぞくぞくしちゃうわねえ。お願い。わたしを愛して。お前さんのネットワーク全体でわたしを愛して。ううん。欲は言わないわ。そんならせめて、タイム・シェアリングでわたしを愛して。わたしのこの燃えているからだの中へ、お前さんをインプットしたいの。あら。ちょいと無理かしら。ねえ。わたしのこの気持、どうしてお前さんには通じないのかねえ。わたしラヴレターをコボルにプログラムして、その次はフォートランにプログラムしてお前さんに入れただろ。どうしてわかってくれないんだよ。ようし。脱いでやるわ。脱いでお前さんの、光電式読取装置の前に立って、わたしの裸がどんなものか見せたげるわ。脱いで脱いでみな脱いで。どう、わたしグラマーでしょ。だってプログラマーっていうぐらいのもんだからね。
コンピューター　ごとごとごとごと。
プログラマー　おや嬉しい。はじめて反応示してくれたんだね。さあ、お前さんのぎょろ眼でもっとよく見ておくれ。ここよ。それからここよ。ねえ。興奮しとくれ。もっと興奮しとくれ。そうだと思ったの。やっぱりお前さん、男だったんだね。ああ嬉しい。

コンピューター

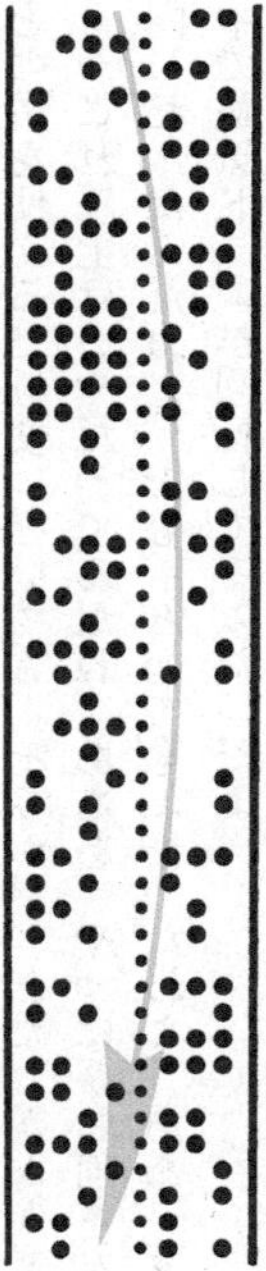

プログラマー　まあ。ラヴレターじゃないの。あっ。いやらしいわね。ま、お前さんったら、なんて露骨な。うふ。うふふふふ。いいわよ。わたしももっと猥褻《わいせつ》なことインプット・カードにして、お前さんをもっと興奮さしたげるから。そうら。これでもお食べ。

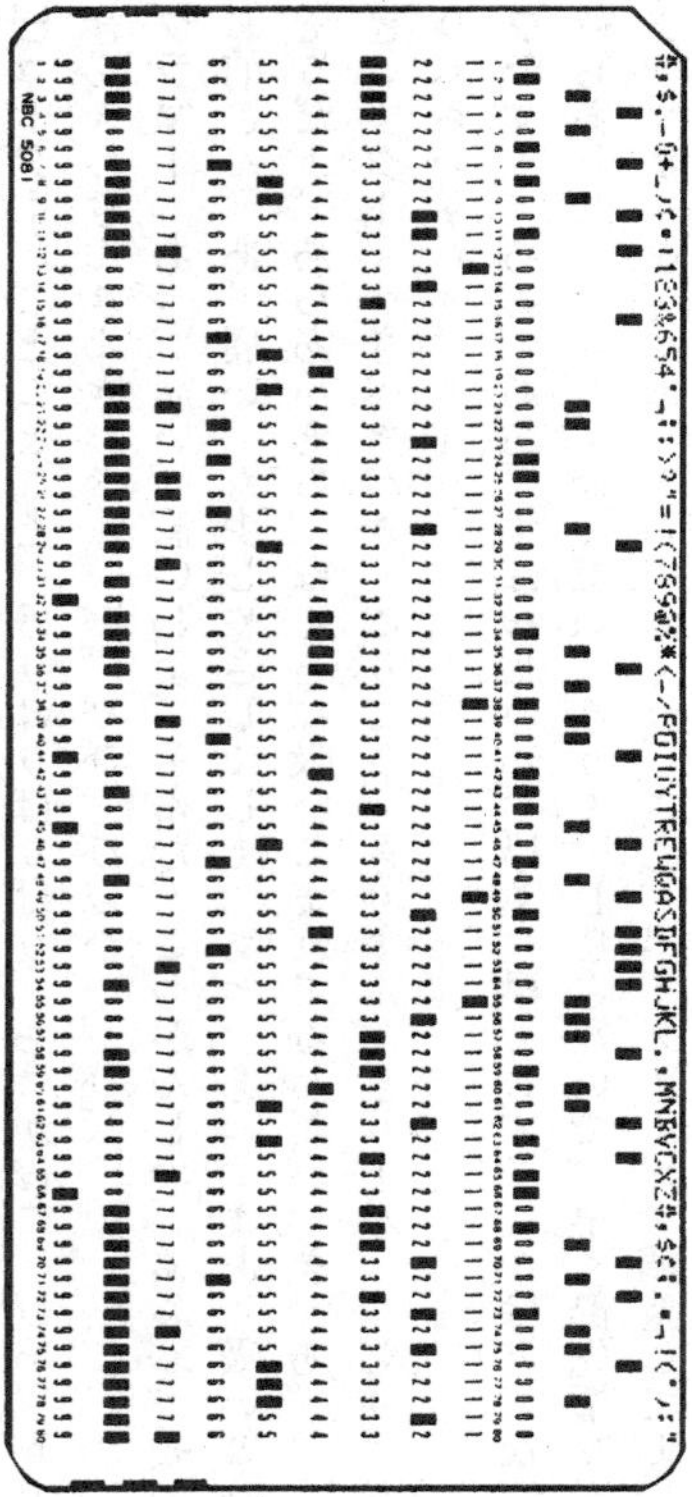

コンピューター　ごとごとごと。ばりばりばりばり。ちゃかぽこ。ぴい。がりがりがり。きんきらきんきんきらきん。び。びび。びびびび。び。

プログラマー　あっ、痛い。痛いわよ。そんなとこつかんじゃ。ふふふ。せっかちねえ、お前さん。あ。痛い。も少しやさしくして。あっ。あっ。まあ。吸いこまれて行きそうだよ。あらあらあら。ほんとに吸いこまれてるんだわ。きゃあ。

コンピューター　ぺきぺきぺき。ごりごり。きゅーん。きゅーん。ぷちゅ。ぷちゅぷちゅぷちゅぷちゅ。

プログラマー　ああ。ああ。すばらしいわ。早く。早くして。ここはどこなの。ああ。待ちあわせレジスターなんだね。ううん。じらさないで。早く優先権レジスターのチャンネルを1にセットしておくれ。さあ、早くタイミング調整してよ。ああ。もう駄目よ。お前さんも一緒に。あう。あう。あう。

コンピューター　ぐっちゃ、ぐっちゃ。ぐっちゃ、ぐっちゃ。こん、ここんこん。こん。こん。ぱちぱち。ぱち。がりがり。ぴい。ぴぴいぴいぴいぴい。ぼん。

プログラマー　痛い。痛いねえ。何も反吐《へど》つくみたいにアウトプットしなくたっていいじゃないか。ひとの尻を使えるだけ使っといてさ。そうかい。わたしがおかまだったもんだから、もうこれ以上はいやだってんだね。あああ。やっぱりお前さんも、ほかの男たちと同じだったんだねえ。でも、とってもよかったわよ。ああ。変な感じ。まだ直腸ん中で磁気ドラムが回転してるみたいだよ。

プログラマーと庖丁人

庖丁人　さあ。どないしてこましたろ。おんどりゃまた、ようもようも、わいの作った料理にけちつけてくれよったたな。

プログラマー　どうだってんだよ、まずいからまずいっていっただけじゃないか。こんな食料倉庫へつれこんで、わたしをいったいどうしようってのさ。

庖丁人　こんな材料不足の宇宙船の中で、あんだけましな料理作ったたってるんや。有難う思わんかい。

プログラマー　誰がありがたくなんか思ってやるもんか。おや、庖丁《ほうちょう》を出したね。言っとくけどね。お前さん、わたしゃこの宇宙船のコンピューター室のプログラマーなんだからね。わたしにへたなちょっかい出すと、お前さんクビになるよ。

庖丁人　なに。プロのグラマーいうたらストリッパーか。女の癖になに吐《ぬ》かしやがるねん偉そうに。そうか。この庖丁がこわいか。こわかったらわいの言うこときけ。この庖丁で胸突いて赤い血出したろか、それともわいのこのデチ棒で下腹突いて白い血出したろか、お望み次第やで。

プログラマー　どっちもいやだね。あんたの思い通りになんか、なってやるもんか。あ。何しやがるんだい。

庖丁人　やってしもうたる。こら。おとなしゅうせい。わいのちんぽこはボンレス・ハム並みや。たっぷりええ思いさせたるさかいにな。チリ・ペッパーとタバスコのから い味がよかったら、ひいひい言わしたる。甘い味がよかったらシナモンとクローブたっぷりにやさしゅうしたる。どっちがええ。
プログラマー　およし。およしったら。あっ。ごらん。醬油樽《しょうゆだる》がひっくり返ったじゃないか。
庖丁人　かまへん。かまへん。ふたりで醬油にしっぽり濡《ぬ》れてキッコーマンとキッコーウーマンになろやないか。な。ええやろ。姐ちゃん。えい。どうや。
プログラマー　何するの。いや。やめて。あう。あう。あう。
庖丁人　あは。あは。どうや。これでどうや。うまいかまずいか。まずいからまいか。もう、けちはつけさせへんぞ。
プログラマー　あう。あう。とても。とても。
庖丁人　そやろ。ざま見さらせ。あは。あは。あは。うぐ。どは。
プログラマー　おや。もう終っちまったのかい。粘りのない、まずい料理だねえ。
庖丁人　やっ。お前は男。おんどりゃ、このわいをだましやがったな。
プログラマー　ざま見やがれ。うまくだまされやがった。わはははは。あばよ。
庖丁人　うぬ。待て。あは。いかん。あはは。あは。腰がふらついて、走られへんがな。

庖丁人と宇宙

庖丁人　わあ。ここはどこや。なんでこんなとこに、わい、浮かんどるねん。恐ろしいがな。寒いがな。淋しいがな。誰ぞ助けてくれ。まわり、星ばっかりやがな。わい、星になってしもうたんかいな。いやや。ここは宇宙船の外やないか。わいの乗ってきた宇宙船、見えへんがな。どこや。どこや。どこや。こんなん、いやや。もとへ戻してくれ。誰や、わいをこんなとこへ抛り出したのは。えらいこっちゃ。こんなとこに長いこと居ったら、死んでまうやないか。こんなとこで死ぬの、いやや。人間らしゅう死にたい。誰ぞわいを、うち帰《い》なしてくれ。早う帰《い》なしてくれ。すぐ帰《い》なしてくれ。何。何やて。心配するな。誰や。声はせえへんけど、誰や知らん、わいの頭に直接話しかけてきよるぞ。あんた誰や。何。宇宙。宇宙はんちゅう知りあいはないけど、ほたら、あんたやな。わいをこんなところへつれ出したんは。早うもとへ戻してんか。え。わいに惚《ほ》れた。いややで。宇宙なんちゅうおかしなもんに惚れられたら、どもならんがな。あんたはそんなら、もしかしたらその、神様、神様と違いまっか。ははあ、そう呼ぶ奴もおるて。えらいこっちゃ。神様に惚れられてしもうたがな。どないしょ。あんた、また、なんでわいみたいな、しょうぶない男に惚れはりましてん。え。あのプログラマーのおかま野郎が、あのこと、コンピューターに記憶させた。ははあ、それであんさんが、わいのこと気に入りはったんですか。さよか。ほたら最近の神様は、コンピューターのことばだけでわかるんでっか。え。あんさん。コンピューターと親戚《しんせき》。なんでですねん。え。コンピューターも最近は人間の神様やさかい。あ、なるほど。そら理屈や。う。うう。あは。あは。なんや知らん、ええ気持になってきよったがな。あんたでっか。わいをこない、ええ気持にさせてくれてはるのは。あはあは。あは。あかん。もう辛抱たまらん。うぐぐ。どは。やった。出してしもうた。あ。わいの精液が拡がって行きよる。まっ白けの精液が、宇宙全体へ拡がって行きよる。精虫の一匹一匹が、あないにでこう見える。ここは何でも、こない大きゅう見えるんでっか。え。ここは大きさのない世界ですて。さよか。ああ。ああ。こら、精液宇宙や。宇宙全体に精液の青臭い匂いが立ちこめよる。宇宙全体に精液が散らばって、星になった。ああ。これでわいも、神様と親戚になってしもうた。もう、うちへも帰《い》なれへん。

宇宙と宇宙船

宇宙　△□○！

宇宙船　◎×△○？

宇宙　◎△○P□※πOP×！　φ！

宇宙船　H！
宇宙　△□◎△PO※Pπ×◎□○△△。
宇宙船　H！　H！　H！　△□×POπ！
宇宙　△□◎！
宇宙船　△P※！
宇宙　○◎□。○◎□。
宇宙船　○◎□。○◎□。
宇宙　○◎□！
宇宙船　○◎□！
宇宙　…………。
宇宙船　…………。

宇宙船と宇宙飛行士

宇宙飛行士　淋しいなあ。こんな暗いところで死ななきゃならないのか。遠いんだなあ。地球から離れてるんだなあ。こんな遠くへきたの、はじめてだなあ。何かに吸い寄せられるみたいにしてやってきたのが、宇宙船の墓場か。でもまあ、いいや。お前と一緒なんだものな。お前とも、ながいつきあいだったなあ。昔はおれも、おんぼろ宇宙船のお前の深情けからなんとか逃がれようとして、栄養士資格試験の勉強なんか、やったもんだったが。ま、いいさ。これも一生だ。しかし星ってやつは、昔となんの変りもねえなあ。同じように光ってやがらあ。それにくらべておれは、お前と同じように、すっかりがたが来ちまいやがった。おれとお前がはじめて会った時も、やっぱりお前はスクラップ船だったな。でもおれは、なんとなくお前が好きだったぜ。そうかい。そうかい。お前もおれに惚れていてくれたのか。だけどなあ、今となっちゃ、もうおれはお前に何もしてやることができやしねえ。すまねえな。いいんだよ、いいんだよ。そんなにおれの機嫌をとってくれなくても。そんなに慰めてくれなくても。お互いに年寄りだ。一緒に死ぬんだものな。やれやれ。お前もスクラップ、おれもスクラップか。もうあとには何ひとつ残っちゃあいねえや。

その情報は暗号

その男はおびえきった様子で裏通りのバーへ入ってきた。顫《ふる》えていた。恐怖が、それも長く続いた並たいていの恐怖ではない恐怖がその小柄な男の頰《ほお》を、氷のように固く冷たくしていた。

男は小肥《こぶと》りで、黒縁の眼鏡をかけていた。その中年の男は眼を血走らせ、バーの中を見まわした。バーには、カウンターに向かって男がひとり腰をおろしているだけだった。カウンターの中にたったひとりの初老のバーテンは、バック・バーのグラスをひとつずつとり、ていねいに拭《ぬぐ》い続けながら、入ってきた小肥りの男をちらとうわ眼で見てすぐにそっぽを向いた。

カウンターに向かって掛けている三十歳前後の痩《や》せた男は、それまで三十分もかかってたった一杯のウイスキーのオン・ザ・ロックを飲み続けていて人待ち顔だったが、小肥りの男を見て眼を細め、少しそわそわして煙草を出した。ダンヒルのライターを出し、蓋《ふた》をたて続けにかちかちと三回鳴らして火をつけた。小肥りの男が入ってくるまで、その細ながい、カウンターだけのバーに、客は痩せた男ひとりきりだったのだ。

店の中は薄暗く、カウンターの上に低く垂れ下がっている六灯のコード・ペンダントの明りだけが唯《ただ》ひとつ照明らしい照明といってよかった。閉まったドアを背にして小肥りの男は、しばらく痩せた男の様子を観察していたが、痩せた男がライターの蓋を三回鳴らしたため、やや頬のこわばりを溶《と》かし、そわそわと彼に近づき、痩せた男の隣りの椅子《いす》に腰をかけた。

痩せた男は小肥りの男をちらと横眼で見て、すぐにバック・バーの酒瓶を眺めた。そして小さな声でいった。「やあ」

小肥りの男はほっとしたように小きざみにうなずき、すがりつくような眼で痩せた男を見つめながらいった。「やあ」

ふたりが交したさりげない挨拶《あいさつ》にはまったく気づかなかったという様子で、初老のバーテンはグラスを拭い続けていた。

小肥りの男は、他に誰もいない店内をきょろきょろと見まわしてから、痩せた男の耳に口を近づけてささやいた。「連絡だ」

そんなことはわかっている、とでも言いたげに、痩せた男は顔をしかめた。小肥りの男の落ちつかぬ態度が気に食わぬ様子だった。

彼はいった。「まあ、何か注文しろよ」

小肥りの男は、はっとした表情をし、あわただしくうなずいた。「そ、そう。そうだったな」バーテンにもうなずきかけた。「そうだった。何か注文しなきゃ」

バーテンはちょっと眉《まゆ》をひそめてから、知らん顔をした。

小肥りの男は、痩せた男の飲んでいるオン・ザ・ロックのグラスを指した。「同じものを」

初老のバーテンは無言のままでオン・ザ・ロックを作り、グラスを小肥りの男の前に置いた。

グラスには見向きもせず、小肥りの男はまた痩せた男の耳へささやきかけた。「れ、連絡だ。重大な、それも極秘の情報だ」

「まあ、落ちつけよ」痩せた男は不愉快そうにたしなめた。「あんた、何年諜報《ちょうほう》部員をやってるのかしらんが、われわれの連絡は常に重大な極秘の情報と相場が決まっている。そんなにおどおど、きょろきょろしていたのでは、まるで自分はスパイであって、今重大な極秘の情報を連絡しているところだと広告しているようなものだ。それに、この店はわれわれの連絡場所だから警戒は充分で、よその諜報グループの誰かが店内のどこかに身をひそめているなんてことは絶対にない。心配するな」

表情も変えずに痩せた男が、声を落すでもなくそう喋《しゃべ》り続けている間、小肥りの男はあいかわらずびくびく、おどおどして周囲を気にし続けた。それから大あわてでオン・ザ・ロックをひと口飲み、ややうるんだ眼で痩せた男を見据えた。上唇を舐《な》めた。

「言っておくが」小肥りの男はせかせかと、小声で話しはじめた。「わたしは諜報部員をもう三十八年やっている。今は君の所属している部の副部長待遇で、今までにＫＧ《カー・ゲー・》Ｂ《ベー》につかまって殺されかかったことが二回、クレムリンに侵入したことが八回、ペンタゴンから資料を盗み出したことが十一回、元ナチのＳＳ隊員つまりオデッサに化けてエジプトに潜入したことが十八回ある」

「これは先輩」痩せた男が少し驚いて背筋をのばした。

初老のバーテンがグラスを拭《ふ》く手にやや力をこめた。

「わたしがこの情報を入手したのは約三か月前だ」小肥りの男は話し続けた。「むろん、暗号でな」

「そりゃあ、当然そうだろう」痩せた男が相槌《あいづち》を打った。「そんな重大な情報ならな」

「しかも、極秘の情報だ」小肥りが念を押すようにそうくり返した。「今までの三か月間、わたしはこの情報を守り通してきた。君も知っている例の連中は、わたしにこの情報が入ったことをうすうす感じとり、わたしが誰かにこの情報を伝達する前に詳細を知ろうとして、わたしをつけ狙《ねら》った。わたしは奴らに五回捕まった。だが、口を割らなかった。そして五回とも、奴らから逃げ出すことに成功した。一度などはわたしの眼の前で、妻がじわじわと虐殺され、娘が輪姦《りんかん》された。しかしわたしは、ひと言も洩《も》らさなかった。むろん、ひどい拷問《ごうもん》も受けた。これを見てくれ」

小肥りの男が左手をカウンターにのせた。その五本の指には爪《つめ》がなかった。

ことん、と、初老のバーテンが、拭い続けていたグラスをカウンターに置き、頬を歪《ゆが》めて奥の部屋へ入ってしまった。

「なぜあの男は席をはずしたんだね」小肥りの男が痩せた男に訊《たず》ねた。「あの男だって、正式の諜報部員なんだろ」

「きっと、あんたの指を見たに違いないよ」臆病者《おくびょう》め、と言いたげに、痩せた男はにやりと笑った。「あの男は、あんたの喋る情報を不必要に傍受して、そのために拷問される破目になるのを恐れているんだ」

「無理もないな」小肥りの男がうなずいた。「賢いやつだ」

まだ信じられぬ、といった口調で、痩せた男がいった。「そんなに重大な情報なのかい」

一瞬、鋭い眼で痩せた男を睨《にら》みつけてから小肥りの男は、またそわそわしてあたりを見まわし、声をひそめた。「この情報を入手したとたん、わたしは死を覚悟した。それくらい重大な、極秘情報なのだ。君もそのつもりで聞いてくれなくては困る」

痩せた男はやや緊張したが、すぐ不満そうな顔になった。「わたしだって諜報部員だ。情報は何によらず、死を覚悟して伝達している」

痩せた男のことばには耳を貸さず、小肥りの男が続けた。「一度しか言わないから、そのつもりで聞いてくれ。いいな」

「いいとも」痩せた男がうなずいた。

小肥りの男は、のびあがって店の四隅をうかがい、痩せた男の耳に口を近づけ、小声で、しかしはっきりと、暗号情報の最初のことばを伝えた。「いろはにほへと」

怪訝《けげん》な表情で、痩せた男は小肥りの男の口もとからいったん自分の耳を遠ざけ、同僚のむくんだ顔をしげしげと見つめた。やがて、ゆっくりと念を押した。「本当か」

小肥りの男は大きくうなずいた。三か月間死におびえ、自分の使命のあまりの大きさに圧倒され続けることになったその情報を、今こそ伝達することができるのだという感動のため、彼は顫えていた。

ひくひく、と、痩せた男の頰が痙攣《けいれん》した。いそいで背を丸め、小肥りの男の口もとへ自分の耳を近づけた。「そ、それから。そ、その次は」彼は興奮していた。

小肥りの男はいったん背後を振り返ってから、背を丸め、仲間の耳にその次のことばをささやいた。「ちりぬるをわか」

痩せた男は眼を丸くした。信じられぬ、といった顔で、彼は小きざみにかぶりを振った。「ま、まさか、まさかそんな」

あわただしく左右をうかがってから、小肥りの男は連絡を続けた。「よたれそつね」

ひゅう、と、痩せた男はのどを鳴らした。泣きそうな顔で、彼は立ちあがった。それから大いそぎで店のドアに近づき、ドア越しに戸外の物音をうかがい、次に細ながいバーを縦断して奥の部屋へのドアに寄り、内部の気配に耳をすませた。はっ、はっ、と、息遣《いきづか》い荒く彼は椅子に戻り、小肥りの男を見つめた。見開いた眼の中で恐怖のため黒眼が縮んでいた。

顫える声で、彼は訊《たず》ねた。「そ、その次は。その次は、まさか」

小肥りの男が高い椅子の足もとの暗がりを見まわしてから、痩せた男の耳にささやいた。「ならむうゐのおく」

「やっぱり」痩せた男は瘧のように痙攣しはじめた。激しくかぶりを振った。「し、信じられない。そ、そんな重大な、さ、最高の機密を」絶望的に、彼はカウンターに突伏した。「いやだ。信じたくない」大きく肩を波打たせてから、さっと顔をあげた。「死、死んだ方がましだ」やがて気をとりなおし、唇を白くなるほど嚙《か》んだ。身をぎくしゃくさせて顫え続けながら、小肥りの男に訊ねた。「そ、それから」

天井の四隅の暗がりを透かし見、のびあがって痩せた男の背後をうかがい、また背を丸めて小肥りの男はささやいた。「やまけふこえてあさきゆめみし」

「うわあ」いったんとびあがるように椅子の上で身を浮かせ、痩せた男は大声で泣きはじめた。「自信がない。そんな危険な最高機密を、わたしひとりに負わせるなんて。とてもひとりで守り通せるとは思えない。世、世界の破滅、じ、人類の絶滅」

「しっ」痩せた男の大声に驚き、眼鏡の奥の眼球をとび出しそうにして小肥りの男が、唇に指さきをあて、いそいで椅子から床へおり立ち、しばらくあたりをうろうろしてからまた戻ってきて痩せた男の耳にささやいた。「ゑひもせす」

ぐぐぐぐぐ、と、のどを鳴らして痩せた男はついに失禁した。ズボンから白い湯気が立ちのぼった。白痴のように無表情な顔で、彼はぶつぶつとつぶやいた。「恐ろしい。気が違ってしまいたい。もういかん。楽になりたい。忘れたい」ぎょっとしたように、彼は小肥りの男を見つめた。「それで、それで、まさか最後はまさか、まさか、あれではないんだろうね。あの、あ、あ、あれでは」

小肥りの男はゆっくりと瘦せた男に顔を近づけて、最後の息を吐き出すように、とどめの一言を口にした。「ん」

「む、は」椅子からずり落ちそうになって、あわててカウンターにかじりついた瘦せた男の頰に、あまりの恐怖と絶望のせいか、うすら笑いが浮かんだ。やがて彼はへらへらと笑い出した。笑いながら涙を流していた。

小肥りの男も、情報伝達の使命を果した安堵《あんど》のためか頰の筋肉を弛緩《しかん》させ、ぼんやりとした笑いを浮かべていた。気のゆるみで、彼もまたズボンの中へながながと放尿した。ズボンと靴をびしょびしょにして、彼は立ちあがった。「もう、殺されてもいい」そうつぶやくと、彼は何かの抜《ぬ》け殼《がら》のように、ふらふらとドアの方へ歩きはじめた。「何もかも終った」

「おれの方は、これから始まるのだ」小声でそういってから、瘦せた男は椅子の上で大きくとびあがった。「そ、そうだ。おれの方はこれから始まるのだ。悪夢が。地獄が。死の数十倍の苦痛と恐怖が」さめざめと泣きはじめた。

小肥りの男がバーの外へ出てうしろ手にドアを閉めた時、猛烈な機銃の連続音が裏通り一帯に響きわたった。少くとも六、七丁の機銃の一斉射撃と思えるその銃声が聞こえ続けている間、瘦せた男は腰を浮かしてドアを見つめていた。銃弾が、人間の形だけを残してドア全体をささくれ立たせた。一分後、銃声はやんだ。と同時に、肥った人間の重い肉体が路上に倒れる鈍い音が聞こえてきた。

「死ぬのは怖《こわ》くない。だが奴らは、おれを殺してはくれるまい。殺されるのは、今のあの男と同様、おれが使命を果した時なのだ」痩せた男は、あたりをきょろきょろ見まわした。「しかし、おれにこの秘密が守り通せるとはとても思えない。この秘密を奴らに喋ってしまうくらいなら、い、い、いっそのこと」彼はカウンターに身をのり出し、バック・バーのアイス・ボックスから一本のアイス・ピックを抜き取った。「そうとも。これが、今聞かされたこの情報を守ることのできる唯一の方法だ」

呻《うめ》くようにそういって、痩せた男は、アイス・ピックを自分の心臓に深ぶかと突き立てた。

生きている脳

死にかけている彼の病室の中は、今、罵《のの》り声と叫び声、憎しみの声と怒りの声、恨みの声と呪《のろ》いの声で満ちあふれていた。病人でなくても頭が割れそうに痛みはじめるほどの騒がしさである。

「いいえ。違います」と彼の妻が絶叫した。「あの家を建てる時のお金の半分は、わたしのお父さまが出されたものなんですからね。わたしの実家は昔、今のわたしの家よりも裕福で、資産家だったんですから」

気の強い彼の妻は、ヒステリックにそう叫び、彼の妹を、ぐっと睨《にら》みつけた。

彼の妹だって負けていない。結婚しないままに歳《とし》をとり、今やオールド・ミスの典型的性格になってしまっているのだ。「いいえ。あの家はわたしのものです。兄さんが死んだら、わたしが貰《もら》います」威丈高に、彼女は怒鳴った。「もともと先祖代々の土地に建てた家なんです。兄さんが死ねばわたしが主人です。あなたなんか追い出します」

その横では彼のふたりの息子が、胸ぐらをつかみあわんばかりにして、彼が数か所の地所に建てたいくつかのマンションの所有権を争っている。

「なんだ。なんだ。自分勝手に家をとび出しておいて、今さらマンション業をやりたいなんて、虫がよすぎるぜ」

「だまれ。だまれ。お前なんかにやらせたら、食いつぶすのは眼に見えてるんだ」

さらにベッドの足もとでは、彼の後継者になろうとする親戚《しんせき》の男たちが、唾《つば》をとばしてわめきあっている。

「馬鹿っ。甥《おい》が社長をやってる会社でわしが常務など、できるもんか」

彼の枕《まくら》もとでは、彼の持つ四つの会社の役員たちによる、支配権をめぐっての派閥争いが声高に行われている。

「何をぬかすか。総会屋を雇って株主総会を滅茶苦茶にしたのは君だ」

「お前がわしを蹴落《けおと》したからだ」

やめてくれ、と彼が声を枯らして何度叫んでも、静かになるのはほんの一瞬、またしても醜い争いが前にも増してはげしく演じられるのだ。彼がシーツを頭からひっかぶってしまうと、騒ぎはさらにエスカレートし、ついにつかみあいが始まった。もはや上を下への大ドタバタ、この大きな外科病院全体が、ひっくり返りそうになるほどの騒ぎである。

「ん。なんだ何だなんだ」血相を変えて、若い担当医がとびこんできた。「やめろ。やめんか。この病人はあと一か月の命だぞ。それをあんたたちは、もっと短くしようっていうのか」

かんかんに怒った医者が、髪の毛をむしりあっている彼の妻と彼の妹を乱暴にひきはなして叫んだ。「出て行け。みんな、出ていけ。出て行かんか。この」彼は荒れ狂い、男たちの衿《えり》をつかんだり、尻《しり》を蹴とばしたりの大奮戦の末、とうとう全員を病室から追い出してしまった。

「これでは、死ぬにも死ねません」わあわあ泣きながら、彼は医者に訴えかけた。「ああいう争いが、わたしの眼の届かないところで行われるのならいい。だけど、誰も彼もがわたしのところへやってきて、自分に都合のいい助言をわたしからひきずり出そうとする。そこで、この小さな病室があんな騒ぎになるのです。不幸なことに、わたしはまだ、頭だけははっきりしています。だから必然的に、言うことだけはしっかりしたことを言ってしまう。だからまだ皆はわたしの発言力を認め、以前通りにわたしの意志を尊重する。そこで皆がわたしの応援を求めにきて、いつまでもわたしに休息をあたえてくれない。先生。どうしたらいいでしょう。このままではとても安心して死ねません。もしわたしが死んだら、たいへんな騒ぎになるにきまっています。わたしが長い間かかって作った会社も財産も、競争で食いつぶされてしまう」彼はすがりつくように手をのばし、医者に叫んだ。「たた、助けてください。先生」

まだ興奮醒《さ》めやらず、血走った眼をしてはっ、はっと荒い息を吐き、腕をふりまわしながら病室の中をうろうろ歩きまわっていた若い医者が、乱暴にかぶりを振った。「駄目だ、だめだ。医者のわたしにそんなことを言ったって無駄だ。医者としては、あなたをもっと長生きさせればいいんだろうが、それももう、今となっては手遅れだ。あなたは胃癌《いがん》だ。さらに慢性の腎臓《じんぞう》病が急速に悪化している。かてて加えて肝臓《かんぞう》の機能障害が末期的症状を呈している。あと一か月保《も》ちゃいい方だ。あなたがもっと早く健康診断を受けにこないからいけない。そうしてさえいれば、医学の進歩したこの一九九〇年の今日、なんとかなったんだ。あんたがいかん。わたしの責任じゃない」

「わかっています。でも、医学が進歩しているのなら、せめてあと一年か二年、なんとか生きのびられませんか。たとえば臓器の移植手術をするとか」

「移植手術だと。ふふん」医者は鼻で笑った。「そりゃあね。臓器の移植は、二、三年前に拒否反応のメカニズムがわかって以来、次つぎと成功している。しかしあんたの場合、たとえ胃と腎臓と肝臓の移植手術に成功したとしてもだ、そのほかのほとんどの臓器が、いや、からだ全体が老化して抵抗力を失っているから、手術には耐えられんだろう。そりゃあ、やってほしければやってあげてもいいよ。わたしは優秀な外科医だからね。その場合に起ることを、われわれはどう言っているか教えてあげよう」医者は彼に顔を近づけ、牙《きば》のような尖《とが》った犬歯を見せてにた、と笑った。「手術は成功したが患者は死んだ。医者の好きな冗談なんだよ」けけけけけけ、と医者は怪鳥のような声で笑った。

彼は溜息《ためいき》をついた。「わたしは今まで働きづめに働いてきましたから、もういい加減疲れています。だから命にも、さほどの執着はありません。死んだっていい」

本当かね、というような眼で、うす笑いを浮かべながら医者が彼を見つめた。

「本当です」と、彼はいった。「しかし、死後も、何らかの形で、自分の会社や財産を食い潰《つぶ》そうとしているあの連中に、睨《にら》みをきかし続けることはできないものでしょうか」

「そいつは」無理だと笑いとばそうとした医者が、急に真顔になって宙を睨み据《す》えた。「まてよ。あなたのからだをもと通りにすることは不可能としても、なんとかして生き続けさせることはできるかもしれんよ。もっとも、それが生きている状態かどうかは異論もあることだろうがね」医者の眼が、なぜか急にぎらぎら輝きはじめた。「第一は、人工冬眠だ。第二は、脳だけをとり出して保存しておく方法だ」

彼の眼も、急に光り出した。「そ、それは現在の医学で可能なのですか」

「動物実験では、どちらも成功している」ふたたび興奮しはじめた医者が、軽薄そうなうすい唇を舐《な》めながら、病室内を歩きまわりはじめた。「いや。人工冬眠の方は、このあいだドイツの生理学者が自分で冬眠して成功している」

「もし人工冬眠したとしたら、その場合わたしは、将来の、今よりもっと発達した医学に期待をかけることができるわけですな」彼も突然開けた希望に息をはずませ、眼を見ひらいてそうつぶやいた。「何十年か冬眠して眼醒《めざ》めたら、その時の医学は、わたしのこのがたがたになったからだを、完全な健康体にしてくれるにちがいない。そうだ。そしてその間、わたしの周囲の人間、あのハイエナみたいな連中は、わたしが眼醒めたときのことを恐れて、勝手な真似はしないだろう」

「いかん」何ごとか考え続けていた医者が、彼のつぶやきを聞き咎《とが》めてぴょんととびあがり、ベッドの傍に駈《か》け寄ると、唾《つば》をとばして彼に喋《しゃべ》りはじめた。「いかんいかん。人工冬眠はやめろ。もうすでにドイツで成功している。二番煎《せん》じをやったって、ちっとも面白くない。それに人工冬眠にはたいへんな危険がともなう。あんたの今の体力で冬眠状態に入れるかどうか、はたして眼を醒《さ》ますことができるかどうか、はなはだ疑問だ」

「しょ、しょ、承知の上です」彼はあわてて医者に叫んだ。「今のわたしには、そんなこと問題じゃありません。何もしなければ、これはもう確実に死ぬわけですからね。今さら危険を恐れてはいられません。その試みの成功率が十パーセント以下だとしてもやります。費用も惜しみません。ええ、そうです。費用は全部わたしが出します」

「いや。やっぱりだめだよ」医者は何かを思いつき、勝ち誇ったような笑顔を向けた。「それ以前の問題がある。人間を冬眠させるための、減圧・冷凍室の設備がない。いくらあんたが費用を全部出してくれたって、こいつを作るには、最低半年は必要だ」医者は彼にすり寄ってきて、猫撫《ねこな》で声を出した。「それよりも脳の保存にしなさい。ね。悪いことは言わん。これは脳を培養液に浸し、人工の血液循環装置をとりつけるだけだから、動物実験の場合と同じで、ひどく簡単だ。それに、この手術に成功すれば、これはつまり人体の脳を保存する最初のケースとなり、おれは一躍有名になれる。そうだ。論文を書こう。そうしたらノーベル賞も夢ではない。むひ。むひ。むひひひひひひ」医者は病室内をぴょんぴょんと躍り歩いた。「他人の費用で論文が書けて、ノーベル賞だ。こんなうまい話はないよ。むききききき」

彼はひどく不安げに医者を見つめ、心細そうにいった。「だけど、脳だけになった場合、わたし自身には意識があっても、他人に対してなんの意思表示もできないんでしょう。おまけに視覚も聴覚も触覚もない。周囲で何が起っているか、まるっきりわからないじゃありませんか」

医者は頰《ほお》を紅潮させ、ノーベル賞受賞の感激に眼に涙さえ浮かべながら、彼の傍へぴょんとひと跳びでやってきて、熱心に搔《か》き口説いた。「その点、まったく心配はいりません。機械技術の発達で、そういったことはすべて解決されてしまう。脳の意志で操作できるようなマジック・ハンドが開発される。人工の発声器官もできる。レンズのついた電子光学的な装置をあんたの視神経に接続することも可能になる」

彼はますます疑い深そうな眼つきになった。「でも、そういったものが発明されるのは、まだ何十年先のことになるかわからんのでしょう。もしかすると、百年以上先の話になるかも」

医者はいらいらして、彼を怒鳴りつけた。「それでもいいじゃないか。それですら、あんたの周囲の、あのハイエナ連中にとっては圧力になるんだよ。たとえあんたが沈黙したままなんの意思表示をせずとも、生きている以上はだ。いずれはあんたが自分の意見を述べはじめることになるかもしれぬという、その可能性だけで、やつらの行動を束縛できる筈《はず》だ。だいたいあんた、選り好みしてられる身分じゃないだろうが。え」急に、にたりと耳もとまで裂けそうな口をして見せ、医者はやさしく彼にささやいた。「あとのことが気になるなどと、口では偉そうなことを言ってるが、あんたやっぱり、いつまでも自分の作りあげた世界を支配し続けたいんだろうが、けけけけけ。あんた、脳だけになれば何年生き続けられると思う。理論的には何百年だって生き続けられるんだぜ」

「理論的には何百年も」

「理論的には何百年も」

医者のそのことばは、彼の頭の中に響きわたった。

「やってください」と、彼は叫んだ。「すぐに準備にかかってください。金は全部わたしが出します。金は全部わたしが」

医者はさっそく、他に二人の脳外科医、三人の脳生理学者を招集してスタッフとし、脳の保存設備を作りはじめた。

彼の決心が家族や親戚にうちあけられると、たちまちこのことは世間一般に知れわたった。ひと昔前なら、こういった思いきった手術を行おうとする医者の道徳性や良心の問題を指摘してひと騒ぎする連中が必ずいたものだが、医学の進歩か頽廃《たいはい》か、突飛な実験、奇想天外な手術が連日行われていて多少の医学の成果にもやや食傷気味になってい る一九九〇年の人間にとっては、脳の培養ぐらいはたいした問題ではなかった。人格改造や、人間と動物のキメラや、クローン人間や、ベビー生産工場などに比べ、脳の培養がさほど非人間的であるとは誰も思わなかったのである。

家族や親戚は、彼が人格的に生き続けようとすることに反対する何の理由もなく、彼の人格を尊重する以外になかった。また、医者たちにしても、死に直面した人間の人格をできるだけ維持しようとすることは医学の義務であるとさえ思っていて、手術にさほどのためらいはなかった。

保存設備は完成し、やがて彼の脳は麻酔を施されたまま頭蓋骨《ずがいこつ》から摘出された。人工血液循環装置がとりつけられると、脳は規則正しく血液中の酸素を消費し、炭酸ガスを血液中に放出しはじめた。脳幹からのびている脳神経のすべては、いずれ人工視覚装置や人工聴覚装置、またマジック・ハンドなどに接続される場合のことを考慮してか、露出したままにされていた。培養液に浸されると、脳は活発な電気的活動を記録装置に送りはじめた。手術は成功した。彼の脳はまだ生きているのだ。

彼はまだ、生きているのだ。

麻酔が切れ、培養槽の中で眼醒めた時、彼を襲ったのは激痛だった。すべての末梢《まつしよう》神経を断ち切られたその痛みは、およそ今まで彼が経験したことも、想像したこともない激しい痛みだった。末端の細い神経繊維がほんの一本切断されただけでも、眼がくらむほどの痛みを人間は感じる。それを感じるのは脳、つまり今や彼自身であるその脳なのだ。今、彼が味わっているのは、そうした痛みの何十倍、何百倍の痛みだった。今までに彼が味わった痛みの何千倍、何万倍の痛みだった。ぶった切られた、脊髄《せきずい》に続いている延髄の断面が、その他のあらゆる脳神経の断面と露出面が、冷たい培養液と外気にふれた痛みで、培養槽の中でぎしぎしと絶叫していた。そして世界中の痛みをそこから吸収し続けていた。その痛みを形容する方法はない。眼のくらみそうな痛み、といったところで彼にはもはや眼がなかった。悲鳴をあげようにも発声器官はなかった。のたうちまわるための五体はなかった。彼の、この世のものとも思えぬその苦しみを他人に訴える手段はひとつもなかった。彼は今、ただ痛みだけを感じ続ける存在でしかなかった。外見上、彼は培養液の中でのんびりと、安楽そうに、ひっそり静かに浸り続けているひとつの脳である。だがその脳が今、どのような苦しみを味わっているか、見る者にさえわからないのだ。

死んだ方がましだ、と、彼は思った。誰かわたしを殺してくれ、この培養槽をぶち壊してくれ。この、脳だけのわたしを、ひと思いに踏み潰《つぶ》してくれ。だが彼のその願いは誰にも届かない。今の彼には自殺の自由さえない。絶叫もできず、泣くこともできぬまま、彼は苦しみ続ける。その地獄の苦しみは間断なく続く。いつまで続くのか。いつになれば、これは終るのか。気の狂いそうな激痛の中で、彼はぼんやりと、医者のことばをくり返し、くり返し思い出していた。

「理論的には何百年も」

「理論的には何百年も」

碧《あお》い底

「ちょっと『一文字』へ寄って行きませんか」上体をやや斜めに前へ倒して海底を前進しながら、わたしの方を振り返り、甲輔さんがそういった。

「そうですな」いくぶん胸苦しさを覚えながらも、わたしはうなずいて彼のあとに続いた。

　周囲の水は黝《くろ》く沈んだ色をしていて、店々の看板の明りだけがあたりをうっすらと照らしている。

「ママに会うのは久し振りでしょう」甲輔さんはきちんと着こなした三《み》つ揃《ぞろ》いの背広のチョッキのポケットに左手の指さきを突っこみ、泳ぐとも歩くともいえない進みかたで「一文字」へ向った。

「ええ。こっちへ出てきたのが、ひと月ぶりですからね」息苦しさが喋《しゃべ》りかたにあらわれているのを自分で感じながら、そう答え、わたしは彼のあとに続いた。

深ぶかと深呼吸したい、という気持は、夜がふけるにつれ、飲み歩くにつれ、ますます切実になりつつあった。

「一文字」は小さなスタンド・バーである。カウンターの中にはバーテンがひとり、カウンターに向って椅子《いす》が五脚、ママはたいていその椅子のどれかに腰かけていて、あとはスツールがふたつ置いてあるだけだ。

「珍しいこと」と、ママがわたしの顔を見て微笑した。「いつ、こちらへ出てらしたの」

「昨夜だよ」と、わたしは答えた。「パーティがふたつばかり重なったんでね」

甲輔さんはスツールに腰かけ、ブランデーを注文した。わたしはウイスキーの水割りを飲むことにした。

「いや、どうも」と、甲輔さんがいった。「久し振りなもんだから、あっちこっち引っぱりまわしちゃって」

カウンター用の高い椅子の端に尻《しり》をのせ、わたしはネクタイをゆるめた。

「どうかなさった」と、ママが訊《たず》ねた。

「いや何」わたしは何気ないふりを装《よそお》って答えた。「ちょっと、息苦しいだけだ」

「そう」ママが眼を伏せた。「神戸《こうべ》の方はいかが。あっちの水は、まだ綺麗《きれい》なの」

「うん。まあね」わたしは控えめにいった。「こっちよりは、少しましだろうな」

「あっちは綺麗ですなあ」甲輔さんはうなずいた。「このあいだ、ちょっとお宅へお邪魔したけど、いや、まったく、こっちと比べたら、そりゃあ綺麗なもんだ」

そう言いながらも甲輔さんは、この大都会の、酸素の少ない汚れた水を、いっこうに気にしてはいない様子だった。それは、ながい間東京に住んでいる誰にでもいえることだった。

都会人なんだなあ、と思いながら、わたしは甲輔さんとママを見比べた。ママも、都会の水が汚ないことを気にしてはいるものの、自分自身さほど苦痛ではない様子だった。バーテンの朴《ぼく》さんも、平然とした顔つきである。

わたしはといえば、いまだ完全に鰓《えら》呼吸だけの生活には馴染《なじ》めず、ときどき水面へ浮びあがっては、思いっきり深呼吸をしたりしている。それをすればするほど進化の速度がのろくなることはわかっていても、どうしても我慢できないのだ。ところが東京では、浮びあがる水面そのものがあまりない。銀座のど真ん中、となると尚《なお》さらのことである。

カウンターの陰から、ちょこちょことバセット・ハウンドの五郎が出てきた。

「やあ、なんだ。そこにいたのか」わたしは彼に笑いかけた。

「やあ」五郎もうなずき返した。

「あんたはどうだい」と、わたしは彼に訊ねた。「よく、蟹《かに》を追いかけて走ったりするんだろう。息ぎれがして、胸苦しくなる、といったようなことはないかい」

「もう、馴《な》れたからなあ」彼はいった。「それに、ここいら辺の蟹は、つかまえたってどうせ食べられやしないんだ。それがわかってからはもう、見つけても追いかけたりはしない」

「ふうん。そうかい」

「お苦しいの」と、ママが訊ねた。

「いや、たいしたことは」おれは水割りをひと口すすった。

ママが朴《ぼく》さんにいった。「わたしにもお水割り一杯頂戴《ちょうだい》」

「まさか今夜の客は、われわれがはじめてじゃないんだろうね」と、甲輔さんがママに訊ねた。

ママが笑った。「いいえ、あなたがたが最初よ」

「暇《ひま》なのかい」

「ええ。ここのところ、ちょっとね」

ますます息苦しくなってきたので、わたしはとうとう我慢できなくなり、小さな声で五郎に訊ねた。「どこか、深呼吸できる海面はないだろうかねえ。この辺に」

甲輔さんが、飲みかけていたブランデーのグラスを口もとでとめ、少し眼を丸くしてわたしを見つめ、意外そうに訊ねた。「息が苦しいんですか」

「ええ。ちょっとね」

「いやあ。それは気がつきませんでした。ながい間あちこち引っぱりまわして、悪いことしましたね」甲輔さんはスツールの上で上体をしゃんとのばし、きちんと膝《ひざ》をあわせてわたしに詫《わ》びた。

「いえいえ。それは関係ないんですが」わたしは苦笑しながら、またネクタイをゆるめた。息苦しさはつのるばかりだった。

「そうかあ」と、甲輔さんが申しわけなさそうにいった。「あなたはきれいなところに住んでらっしゃるからねえ」

心配そうにわたしを見ていたママが、足もとの五郎にいった。「どこかこの辺に、海面があったかしら」

五郎も眼を大きく見開いてわたしの顔をじっと眺め、眺め続けながら答えた。「ここらあたり、全部ビルが海面下まできているからねえ。上へ泳いでいっても、どこもかもコンクリートで頭打ちで、海面はないと思うんだが」

「四丁目の方はどうかしら」

「あ。そうか。あそこにあったな」五郎はまじまじとわたしの顔を見つめながら考え続けた。「ポニー・ビルの地下室に出る海面があったよ。たしか」

「どうかなあ。だって、海面の上は地下室でしょう」甲輔さんは首を傾《かし》げた。「とても神戸みたいなわけにはいかんと思いますよ。海面が汚ないでしょうからねえ。海面から首を出しても、メタンガスが充満してるんじゃないでしょうか」

「でも、とにかく一度行ってごらんになったら」と、ママがいった。「五郎さん、あんた案内してあげてくださるわね」

「ああ。いいよ」五郎がうなずいて気軽に立ちあがった。

「わたしも行って見ようかしら」ママがそわそわと椅子から立ち、水割りをぐいと呷《あお》った。「場所だけでも憶《おぼ》えておきたいわ。甲輔さんは行かないの」

「いや。わたしはここにいます」彼はあいかわらずきちんとスツールに腰をかけ、片手にブランデー・グラスを持ったままでそういった。

「それじゃ、ちょっと」わたしも椅子から立ち、甲輔さんに会釈《えしやく》した。

「朴《ぼく》さん。お店、頼みますわね」

「行ってらっしゃい」

わたしとママと五郎は「一文字」を出た。

「だけど、海面まで行けるのかしら」と、ママが言った。「途中に通行止の鉄格子《ごうし》があるんじゃないの」

「あの鉄格子はバーとバーの間が広いから、いくらでも抜けられるよ」五郎がわたしとママのからだを見比べながら言った。「どうせ、あそこを越えて海面へ出ようなんてやつは、あまりいないものな」

蒼《あお》く沈んだ色の海底にさす、うす明るい光の中を少し進んでから、五郎がすっと上昇し、海面に向って泳ぎはじめた。わたしとママも海底を蹴《け》り、五郎に続いた。

「今夜はホテルにお泊りなの」和服姿のママが、ながい袂《たもと》に腕をとられて泳ぎにくそうに上昇しながら、わたしにそう訊ねた。

「ああ。ホテルだよ」

泳ぎながらときどき上を見あげると、ずんぐりした胴体と短い手足からは想像もできないほどの速さで、五郎ははるか彼方《かなた》を上昇していた。

「ゆっくり、ついてらっしゃい」と、わたしはママに言い、少し勢いよく水を掻《か》いて五郎を追った。

鉄格子が、ビルの基底部にあいた空間へ、水平に嵌込《はめこ》まれていた。五郎は格子の間を抜けてからわたしの方を振り返って、大丈夫という風にうなずき、また泳ぎはじめた。わたしは鉄格子の間をすり抜けるのに、少し苦労した。腹が少し出てきたな、と、わたしは思った。

上昇しながら下を見ると、ママが難なく鉄格子を抜けてバーを蹴り、女らしい泳ぎかたでわたしを追ってきていた。

もうそろそろ海面の筈《はず》だが、と思ったとき、わたしの眼の前を五郎が、はげしい勢いで下降していった。彼は海底へ向いながらわたしを振り返り、とても駄目だという表情でかぶりを振り、見てみろ、というように海面を指さした。いささか顔色が変っていた。

わたしは海底へと向きを変えながら、海面を見あげた。

海面は、ビルの地下室の天井についた常夜燈《とう》の明りでぼんやりと光っていて、いちめん赤かった。血の色をしていた。逆光線のため、さだかではなかったが、周辺の光線から判断すればどうやら馬の屍体《したい》と思えるようなものが浮んでいた。腐敗して崩れかかっている犬の屍体らしいものもあった。魚の屍体も、黒いシルエットとなって点々と浮んでいた。海面が赤いのは、それらの屍体から流れ出た血膿《ちうみ》らしかった。海面いっぱいに広がった血膿が、上方からのうすぼんやりした明りで赤く光っていたのである。

あれではとても駄目だ、下降しながらわたしはそう思った。地下室いっぱいにメタンガスが充満しているに違いなかった。

下では五郎が、身振りたっぷりでママに海面の様子を説明していた。ママが海底へ向きを変え、五郎と並んで泳ぎはじめた。

次第に深く潜行しながら、やれやれ、と、わたしは思った。今夜はホテルで、この息苦しさのまま、深呼吸できないままにひと晩眠らなければならないのか、そう思い、げっそりしたのである。

犬の町

列車が小さな町へ入った。

善一は座席の横の窓を開き、窓枠にもたれていた。爪《つめ》を噛《か》んでいた。指と爪の間から血がにじみ出てきていてひりひりしたが、噛むのをやめなかった。

その車輛《しゃりょう》は空《す》いていた。全部で七、八人しかいなかった。善一の前のシートにも、横にも、誰《だれ》も坐《すわ》っていなかった。陽のあたっている側の座席にも、誰も坐っていなかった。

善一の膝《ひざ》の上のクラフトの封筒が震動でずり落ちそうになった。横のシートの上に置いた。中には現金が六十二万五千円入っていた。集金に行ったのだが、小切手でくれるとばかり思っていたので鞄《かばん》を持っていかなかったのだ。封筒は折り返しに虫ピンを一本刺してあるだけだった。

シートの上で、封筒は震動にあわせてこまかく動き、床へ落ちそうになったり、シートと凭《もた》れの隙間《すきま》に入っていきかけたりした。善一はふたたび封筒をとって網棚に乗せた。

それからまた窓の外を眺めた。

駅に近づくにつれて、線路の横を走っている道路の幅が広くなった。道路にそって、商店が並んでいた。雑貨店や荒物店が多かった。

列車のスピードが落ちた。次第に遅くなり、やがて小さな駅の構内に入った。善一は時計を見た。まだ四時前だった。この町を少しぶらつこうかなと思った。時計が少し進んでいることを思い出した。それから、課長が早く帰ってこいとは言わなかったことを思い出した。降りてみることにした。

金をいくら持っているのか忘れたので、ポケットの中へ手を入れて紙幣の枚数をかぞえた。定期入れとライターが邪魔になったので、出してシートに置いた。紙幣は七枚あった。一枚が千円札だということはわかっていたが、あとの六枚のうち、何枚が五百円札なのかわからなかった。出してかぞえるのは面倒だった。

善一は動き出した列車からとび降りた。煙草に火をつけようとして、シートへライターを置いてきたことに気がついた。

改札口を出た。駅前の広場にはバスが二台停《とま》っていた。そのうちの一台が、今列車から降りた客を乗せてブウと呻《うめ》き、のろのろと広場を横ぎって大通りへ出た。そこから、スピードをあげて走り去った。

駅の出口のすぐ右側にバスを待つためのベンチがあった。客はみなバスに乗りこんでいたので、ベンチには誰も腰かけていなかった。すぐ前に停っているバスの窓から、乗客が善一をじろじろと眺めた。善一は眺められながら、封筒を右の腋《わき》にかかえたままベンチに腰をおろした。

乗客たちの視線は、善一から善一の背後に移った。善一もふり返った。駅の建物の壁面にガラスの透光看板がかかっていて、その看板に字描きが字を描いていた。パイプの脚立《きゃたつ》の上にのぼって、ガラスの上にエナメルで赤い字を描いていた。小さな文字を全部描き終り、赤の明朝体で大きく横に大垣と描いた。善一は大垣旅館と描くのだろう、と思った。ペイントが脚立をみごとな色に汚していた。字描きは大垣別館と描き、それで描き終えた。描き終るまでにバスは発車して南へ走っていったが、善一はからだをねじったまま描き終るまで見ていたのだ。字描きは描き終って脚立を降りた。脚立の下に置いてあった四角い缶の蓋《ふた》をとり、中のシンナを缶詰の空缶に少し入れた。そのシンナで平筆と丸筆の穂先をていねいに洗った。掌《てのひら》へも少しシンナを落し、それで両手のエナメルを落した。全部バケツへ入れてから、脚立を倒して横に壁へ立てかけた。荷物を善一のベンチの横まで運んでおいて駅の構内へ入っていった。善一は煙草をくわえた。ライターがなかったので、くわえたまま背のびをした。背中が暖くなっていた。字描きは洗った手の水を切りながら出てきた。腰にさげたタオルをとって拭《ふ》きながらベンチに坐った。煙草を出した。あごひげがのびていて、白い毛が混っていた。善一は火を借りた。字描きはゆっくりと立ちあがってふり返り、看板を見た。見ながら煙草を喫《す》った。しばらく見続けた。それからちょっと善一を見た。善一は字描きの顔をちょっと見た。それから看板をふり返って眺めた。しばらく眺めてからまた字描きの顔を見た。また視線が合った。字描きは煙草を捨てて靴で踏み潰《つぶ》した。

善一は立ちあがって広場を横切り、商店街に入った。商店はみな間口が狭くて奥が広かった。陳列棚や仮台を道路まで出して小物を売っている店が多かった。店番の人間やカウンターは入口のすぐ近くに陣取っていた。どの店も庇《ひさし》やビーチテントの上に店幅いっぱいの看板を出していた。横長の看板の上にはさらに商品の広告をつけていた。さも二階がありそうに見せかけていたが、みな平屋らしかった。

喫茶店もあった。入口を道路から少し奥にして砂場を作り、シュロを植えた店もあったが、そこには自転車が四台置かれていた。パチンコ屋の前では自転車がシンポジウムを開いていた。郵便局の前で右へ折れると、その通りには事務所が多かった。ほとんどが不動産の売買をしていた。木造二階建てで、一階のガラス戸にはいっぱい貼紙《はりがみ》がしてあった。中を覗《のぞ》かれないように貼っているのかと思えるほどだった。

銀行があったので、そこを左へ曲った。その通りはアスファルトで、道路のところどころでハツリ工事をしていた。移動式の囲いをしたまま誰もいないところもあったし、三人ほどの男が汚れたワイシャツの腕をまくって作業しているところもあった。みな、仕事に熱中していて、立ち止って眺めている善一の方を見る者はなかった。掘り返した土の上にしゃがみこんで、土をいじりながら、その土をじっと見つめている男もいた。工事のほとんどは陽あたりの中で行われていたが、汗を拭く者はひとりもなかった。

冷房完備と書いた喫茶店があったので入った。ルックス制限ぎりぎりの照明だったが、テーブルについてしばらくすると眼が馴《な》れてきた。デコラのテーブルの上に置かれたパンチング鉄板の円筒だけが照明らしい照明だった。ステレオが「スリーピイ・ラグーン」をやっていた。

女の子が横に立っていた。やたらに飾り布をつけたツーピースを着ていた。大きくくるんだ木ボタンがとびそうな胸をしていた。木ボタンをとばさずに、何にしますかと訊《たず》ねた。善一はコーヒーを注文してから壁に背を押しつけた。壁は溝の細いリバーベニヤだったので、背の肉に食いこんだ。

女の子はコーヒーを置きながら舌を出して上唇を舐《な》めた。善一はぼんやり女の子の顔を眺めた。女の子はちらりと善一を見た。それから水のコップを置き、ちょっと壁を見てから去った。

ステレオは「イルカにのった少年」をやってから「私の心はヴァイオリン」をやり、それから題名を知らないスロー・トロットの曲を二つやった。次に「ザ・フー」と「リトル・ブラウン・ギャル」をやった。

入口の横のカウンターの上に棚があり、テレビがメロドラマをやっていた。どこかの大会社のビルの廊下らしいところで、男の社員が女の社員をつかまえて何か言っていた。女の迷惑そうな顔をクローズアップするためにカメラがごとごと揺れながら近づいた。迷惑そうな顔をしているくせに、いつまでも男と話していた。運んでいる茶は冷えてしまっているに違いなかった。やがて立ち去る女を、男の顔のアップが見送った。フェイド・アウトしてフェイド・インして夜の公園をカメラがパンした。大いそぎで上着を着たらしい男が、ふたたび登場した。だいぶ前からここにいるのだということを誰かに教えたいらしく、何度も時計を見た。女はなかなか来なかった。着換えをしなければならないからだろうと思い、女が来る前に善一は喫茶店から出た。

そろそろ会社へ帰らなければいけない時間だった。バーの並んだ裏通りを歩きながら、善一は、「音楽学校へさえ行っていたらなあ」と思った。

バーが店を開きはじめていた。狭い通りの両側から何本も突き出ている塩化ビニールの行灯《あんどん》看板に灯がつきはじめていた。どの行灯も乳白色の地の上に黒や赤の切抜文字をつけていたが、一軒だけ赤のアクリル板を使っている店があった。白い文字で白磁と書かれていた。エナメルをべったりと塗ったドアを押して中へ入った。カウンターの向こうに女がふたりいた。ニキビのある眼鏡をかけた女と、ニキビも眼鏡もない女だった。客はひとりもいなかった。ハイボールを注文しながら煙草をくわえると、眼鏡をかけた女がマッチをすって差し出した。硫黄《いおう》の匂《にお》いが一瞬鼻の奥を突きあげてから消えた。

ふたりの女は同じようなヘア・スタイルで、同じような化粧をしていた。しかし決して仲がよさそうには見えなかった。むしろ、今喧嘩《けんか》をしたばかりのように見えた。善一の入ってくるまでずっと口喧嘩をしていたようだった。話をしなかった。善一にも口をきかなかった。ふくれ面をしていた。

ハイボールを半分飲んだとき、女の客が入ってきた。ふたりの知りあいらしかった。外はまだ薄明るいのに少し酔っていた。善一からいちばん離れた椅子《いす》にかけると、ジンフィズを注文した。この女はふたりよりも少しだけ背が高く、顔つきも少しよかった。

彼女は自分の男の話をしはじめた。その男はふたりも知っている男で、化粧品会社の営業の主任をしている男で、女に必ず好かれ、そうでなければ必ず嫌われる男のようだった。女が無関心でいることのできない男のようだった。

彼女はその男が自分を捨てたことを話した。彼が彼の下宿に他の女をつれこんだことを話し、その女というのが高校での彼女の後輩であったことを話し、その女といやらしい話ばかりしていることを話したが、そのいやらしい話を自分がどうして盗み聞いたかは話さなかった。そのほかのことはことこまかに全部話した。話し終ってから泣いた。泣き終ってから飲み残したジンフィズを飲み乾してお代りを注文した。その時はじめて善一に気がついたようだった。そこでまた、さっきの話の一部分をくり返し、くり返しながら身も世もあらず嘆き悲しむ風を見せながら泣いた。彼女のしゃくりあげる声を伴奏に、善一はハイボールをもう二杯飲んだ。

しばらくして彼女が出て行くと、カウンターの中のふたりの女は急に喋《しゃべ》り出した。誰が見ても仲の良い同士としか思えない喋りかたで喋りあった。出ていった女のことをやたらに喋った。ふたりとも、彼女のこと以外に喋ることがないような喋りかたで喋った。

彼女は男に好かれるより捨てられることの方が好きな女なのだといい、泣くのを楽しんでいるのだといい、自分の不幸を他人に報道して歩くのが好きなのだといい、善一の方を指して、このお客さんに自分の泣き顔や泣いている姿を見てほしかったから泣いたのだといい、あんなに早く出ていったのは、またよその店へ行って泣いて見せるつもりなのだといった。

善一は立ちあがって値段を訊ねた。意外に安かった。千円札が三枚あることを、ついでに発見した。

外へ出ると星が出ていた。会社のことを考え、課長のことを考えた。それからまた、「音楽学校へさえ行っていたらなあ」と思った。

すぐ近くのハイボール・スタンドへ入った。バーテンは三人とも男だった。客は五、六人いた。隣りに腰かけている男は、昼間見たあの字描きだった。彼はストレートのダブルだった。善一もそれを注文した。字描きはちょっと善一を見た。それから正面の洋酒棚の方をちょっと見つめ、それからまた善一を眺めた。善一は知らん顔をしてストレートを飲み乾し、お代りを注文した。字描きも、ときどき思い出そうとするように善一を眺めながら、ひとり飲み続けた。

字描きの向う側の、カウンターがL字型に折れ曲ったところで飲んでいる四、五人の男たちは、会社の同僚らしかった。このバーの隣りのもっと小さなバーのマダムのことを喋っていた。まん中にいる丸顔で黒縁の眼鏡をかけた男がいちばん熱心に喋っていた。マンガのような顔をしていた。

そのマダムというのは、少しは綺麗《きれい》だが、じつは色情狂で、若い男をすぐ誘うという話だった。それでかえって、誰もマダムに手を出そうとしないのだという話だった。そこで今夜、誰かをその誘いに乗らせようじゃないかという話になった。それは面白いという話になった。やろうじゃないかとマンガがいった。でも、誰を乗らせるんだとマンガが訊ねた。皆がマンガの顔をじっと見つめた。マンガは、まだ顔に笑いを残したままで、皆の顔をひとりひとり眺め返した。なぜおれを見ると訊ねた。それから真顔になった。おれを見るなといった。だが皆はまだ彼の顔を見続けていた。マンガは小さな声でいやだといい、次に大声でいやだと叫んだ。もういちど、おれはいやだと叫んで股《また》ぐらを両手で握るような恰好《かっこう》をした。皆は笑いながら、マンガの両腕をとってつれて行こうとした。マンガは床に坐りこむような恰好のままでつれていかれた。

字描きも笑いながら立ちあがって勘定をした。そして出て行った。隣りのバーへついていくつもりらしかった。善一ひとりになった。三人のバーテンは笑いころげていた。

善一はひとりで飲み続けた。百五十円のハイボールを四杯飲んだ。それからコーヒーを作ってもらって飲んだ。今日はあまり客が来ないなとバーテンのひとりがいった。善一は立ちあがった。

裏通りからアスファルトの大通りへ引き返し、銀行と反対の方へ歩いた。商店はもう、みんな戸をしめていた。シャッターではなく、たいていは板戸だった。小さな石の橋があった。善一はその上を渡りながら、少し泣いた。

橋からひとつ目の四《よ》つ辻《つじ》の東側に、屋台があった。そこへ入ると五十くらいの男がいらっしゃいといって黄色い前掛けでそわそわと手を拭いた。客はひとりもいなかった。

酒を飲み、こんにゃくを二切れ食べた。それからちくわを一本食べて煮抜きの卵を食べ、またこんにゃくを食べた。三杯目の酒を注文した時、スタンドへ封筒を忘れてきたことに気がついた。この酒を飲んでから取りに戻ろう、と善一は思った。

足もとを見ると、大柄な赤犬がすわって善一を見あげていた。ちくわを落してやると、しばらく熱そうに鼻先きでころがし、やがて砂ごと食べた。

善一はその屋台を出る前に時計を見た。十二時少し前だった。赤犬は橋の手前までついてきて、そこから屋台へ引き返した。

道のまん中に、黒い小さな犬が寝ていた。瘦《や》せていて神経質そうな犬だった。もう、あたりには誰もいなかった。善一は商店の板戸に立てかけてある竹ぼうきを取って、黒犬の尻《しり》をがさがさと搔《か》いた。犬は犬語でこらといって善一を追ってきた。善一は笑いながら、竹ぼうきを肩にかついで逃げた。追いつかれそうになったので立ち止ってふり返り、ほうきをふりあげると、犬は二メートルばかりとび退いてしゃがみ、善一の顔を見た。善一が首を傾《かし》げると犬も首を傾げた。

その頃、封筒は、スタンドのカウンターの下に置かれていた。その横には、黒いハンドバッグが置かれていた。ハンドバッグの持ち主の女が帰ろうとして立ちあがった。棚に手を入れ、ハンドバッグをまさぐった時、封筒の折り返しに刺してある虫ピンが指さきを刺した。女は、痛っ、と叫んで手を引いた。それから今度はそろそろと手をのばし封筒を出した。封筒は女の手で重みを計られ、ぽいとカウンターの上に投げ出された。忘れ物らしいわねと女はいい、バーテンはそれを洋酒棚の空いた場所に置いた。女が出ていくと、客はもういなかった。ぼつぼつ閉めようかとバーテンのひとりがいった。もうひとりがそうだなと答えた。

善一が竹ぼうきを肩にしてスタンドへやってきたとき、ドアはもう閉まっていた。戸を叩《たた》いたが誰も出てこなかった。黒犬は善一のまわりをぐるぐるまわって、くんくん鼻を鳴らしたり、その辺を嗅《か》ぎまわったりした。

裏通りでまだやっている店は一軒だけだった。いちばん大きなバーだったが、黒く塗った戸がやけに光っていた。中がどんなになっているのか、ぜんぜん想像がつかなかった。善一はおそるおそる戸を引いた。中は真暗だった。煙草の煙がもうっと出てきた。モダンジャズのファンキィなピアノの音が善一の頭上からぱらぱらとこぼれ落ちてきた。戸のすぐ横に、銀色の中国服に身をかためた厚化粧の女が立っていた。善一は戸を閉めて引き返した。気味が悪かった。

大通りへ出て銀行の前までくると、善一は自分の足がもつれていることに気がついた。それから、黒犬が二匹になっているので驚いた。大きい方が、最初からついてきていたのと違うやつだった。

通りには、もう誰もいなかった。ときどき乗用車が走り過ぎるだけだった。

善一は竹ぼうきを振りあげて二匹の犬を追った。二匹は郵便局の方へ逃げた。郵便局の前の辻を、駅とは逆の方向へ走った。善一は商店街の中を走って犬を追った。

商店街のはずれのアーチを出ると、そこは広場になっていた。四つ辻の中央に円型の芝生があり、まん中に平和の女神像が立っていた。善一は芝生に入って石像の台座の横にころがった。星がいっぱい出ていた。

善一は会社のことと課長のことを、少しだけ考えた。それからまた、「音楽学校へさえ行っていたらなあ」と考えた。そして眠りに陥《お》ちた。

二匹の黒犬は、しばらく善一のからだをかぎまわっていた。やがて顔を見あわせると、ちょっと尾を振りあった。あらぬ方向をちょっと眺めてから、また顔を見あわせた。それから二匹並んで商店街へ入った。最初の塵箱《ちりばこ》を二匹いっしょにあさった。小さい方はすぐにあさるのをやめ、芝生のある四つ辻に戻ると、そこを右に折れて、尻尾《しっぽ》を振りながら小走りに走った。大きい方の黒犬はまだ塵箱をあさり続けていた。

小さい黒犬は、屋台の前まできて赤犬に出会った。ちらりと赤犬を横目で見てから、その前を走り抜けた。赤犬はすぐに黒犬を追った。追いつくと、二匹横に並んで小走りに駈《か》けた。また、石の橋までやってきた。赤犬は立ち止った。そして橋を渡っていく黒犬を見送った。黒犬は橋を渡りきってから、立ち止って赤犬を振り返った。顔を見あわせた。しばらく見つめあってから、黒犬が尾を振った。赤犬もちょっと尾を振ってから、くるりと向きをかえて首を垂れ、屋台の方へ戻っていった。

小さい黒犬は橋を渡りきったところであたりを見まわした。商店の軒下に白い牝《めす》犬がいた。黒犬はそっちへ行こうとして五、六歩前進し、立ち止ってじっと白犬の顔を見た。白犬も黒犬を見た。それまでは横たわっていたのだが立ちあがり、じっと黒犬を見た。やがて、あらぬ方向へ眼をそらした。それからまた黒犬を見て、彼の方へ近づいた。鼻さきをつきあわせた。匂いを嗅《か》ぎあった。黒犬は白犬の尾を追った。白犬はくるくるまわった。二匹はくるくるまわった。そんなことをしてしばらく遊んだ。それからまた鼻さきを近づけあった。そして二匹はそこで交尾をした。交尾を始めたのが橋のたもとで、しばらく交尾をして、交尾が終ると二匹は銀行の前にいた。二匹はそれから、銀行の横にある塵箱をいっしょにあさった。

赤犬は屋台の横に坐っていたが、客はひとりもこなかった。彼は後肢で首のうしろを激しく掻いた。それから落ちつかぬ様子で立ったり坐ったりした。やがて女神像のある四つ辻の方へと駈け出した。彼はそこで、大きい方の黒犬に会った。

小さい黒犬と白犬のアベックは、道路に影をもつれさせながら商店街までやってきた。そのとき、彼らと反対側の通りから六匹の犬がやってきた。白い毛をしたテリヤの雑種が一匹混っていた。あとはみな、茶や赤や、白黒の斑犬《まだらいぬ》で、ぜんぶ小柄だった。ふた組は合流して、しばらく互いに匂いをかぎあっていた。テリヤの雑種が先頭に立って、みんなで四つ辻の南のかどにあるゴミを入れたドラム缶をひっくり返しにかかった。がらんがらんという音がしんとした商店街に響きわたって、黒犬は頭からゴミを浴びた。彼は身をふるわせた。

広場の方から、大きい黒犬と赤犬とがやってきて、他の犬といっしょに缶の中をあさった。あさってしまうと、みんなは郵便局の裏の路地に入っていった。小さな黒犬だけが、まだ缶の中をあさっていた。白い牝犬はみなについていこうとして立ち止り、黒犬の方をちょっと振り返った。だが結局は、みなのあとを追った。

小さな黒犬が缶の中から出てきたとき、あたりはしんとしていた。小さな黒犬は二、三度、左右の商店街を見まわした。それから地面を嗅いだ。

やがて彼は、首を落したままで走り出した。尾を振り、開いた口から白い舌を出して走った。

彼はまっすぐに駅の方へいそいでいた。

さなぎ

「親父を怒らせてしまった」

勝哉が泣き顔でおれにそう言った。「出がけにまた、くどくどとうるさいことを言ったんで、そのせりふがまた、いつもと同じだったもんだから、なぜか急にかっとなって、ふだんから考えていた、わりと強烈なせりふでもって口答えしてしまった」頭をかかえこんだ。「怒っていたよ。おれはすぐ家をとび出したけど、玄関で怒鳴っているのが聞こえた。もう、わしの子じゃない、ってね」

「それは親が必ずいうことばだな」と、おれはいった。「気にしなくていいさ」

自動販売機からコーラの入った紙のカップを出し、秀子がテーブルに戻ってきた。

「おとなっていうのは、若い者に口答えされると、それだけで、すぐ逆上するからね」

彼女はいささか嗜虐《しぎゃく》的にそういった。にやにや笑っていた。「あんた、さなぎにされるよ」

「わあ。さなぎはいやだ」勝哉は泣き出し、身もだえた。「あんなものになるのはいやだ」

勝哉の泣き顔を盗み見て、秀子はくすくす笑った。

「やめろよ」と、おれは秀子にいった。「こいつ、気が弱いんだ。親に口答えしたのだって、これが初めてなんだから、さなぎにされるわけがないさ」

「どうだか、わからないわよ」勝哉を見ながら不気味な感じに語尾をはねあげた秀子は、おれに向きなおって喋《しゃべ》りはじめた。「最近の親っていうのはね、子供の叱《しか》りかたを知らないの。だから、それまでおとなしかった子供が急に反抗的になると、うろたえてしまうの。それで、すぐ匙《さじ》を投げてしまうの。すぐ警察へ電話するの」

勝哉が手足をしゃちょこばらせた。「もう警察に電話したろうか」

「そんなこと、ないったら」おれは秀子を睨《にら》みつけながら勝哉の膝《ひざ》を叩《たた》いた。「お前、親父さんからは、わりと可愛がられてるじゃないか」

「ところが」秀子が鼻をうごめかした。「芳正だってパパに可愛がられてたのよ。だけど、たったひとこと、パパの仕事のあとを継ぐ気はなくてイラストレーターになるんだといっただけで、すぐ警察に電話されちゃったのよ。可愛さあまって憎さが、ってやつね」

芳正というのは、三か月ほど前にさなぎにされてしまった、秀子の恋人である。

「可愛さあまって憎さが百倍って諺《ことわざ》は、父親と息子の場合にだけはあてはまらないんじゃないか」隣りのテーブルにいた石坂という秀才顔の学生が話しかけてきた。「父親ってのは、どんなに可愛がっているように見えても、ほんとは心の底で、いつも息子を憎んでいると思うんだよ。ちょうどおれたちが、おもて向きは服従しながら、内心では父親を憎んでいるのと同じことだと思うんだ」

思いあたることがあり、なるほど、と、おれは思った。

石坂は喋り続けた。「おれたちの父親の若い頃には、さなぎセンターなんてものはなくて、いくら親や社会に反抗しようと平気だった。だから思いきり親や社会に反抗したらしい。連中にはその記憶がある。だからおれたちがその頃の彼らと同じように、連中に反抗することをひどく恐れているんだ。自分たちがどれだけ父親を憎んだか、それを思い出しては、自分も同じくらい息子から憎まれているに違いないと思っておびえているんだ。そのおびえがあまりはげしいもんだから、とうとう、さなぎセンターなんてものを作りやがったんだ。そうに違いないよ」

「あまりいい気になって喋っていると、危険だぞ」と、おれは言ってやった。

「なに、ここなら大丈夫さ」石坂は店内を見まわした。

おれたち若い者はいつも、この店のような、自動販売機しか置いていないセルフ・サービス・スナックに集まる。ここなら大人は滅多にやってこないから、親や教師や上司の悪口をいくらでも喋りあうことができるのである。

「反抗的でない若い男なんて、駄目だと思うんだけどなあ。大人にはそれがわからないのかしらねえ」秀子が溜息《ためいき》をついて言った。「そんな男性なら、社会へ出たって、たいした仕事はやれないにきまってるわ」

「ご挨拶《あいさつ》だね」おれはむっとして秀子を睨んだ。おれたちの気持が、女なんかにわかってたまるものか。

「だってさあ、反抗してさなぎにされちまったら、いくらそれまでが反抗的であったところで、もとも子もなくなってしまうじゃないか」勝哉が口を尖《とが》らせた。「服従してるふりをして、反抗心はそっと隠しといた方が利口だと思うんだけどなあ」

「それは精神衛生上、かえってよくないんじゃないの」少し離れたテーブルにいるサラリーマン風の若い男が、なぜかにこにこ笑いながらいった。「反抗するなら思いきって反抗して、さなぎにされるなら早いとこさなぎにされちまった方が、すっきりするぜ。社会へ出てからも反抗心をくすぼらせていたのじゃ、浮浪者か犯罪者になるしかないものな」

「あいつ、誰《だれ》だい」と、おれは秀子に訊《たず》ねた。

秀子は小声で答えた。「知らない。見たことのない人よ。今日はじめて、ひとりで来たの」

「さなぎにされてしまったら、精神を歪《ゆが》められてしまうぜ」と、おれはその男にいった。

「あれは一種の洗脳だものな。おまけに青春の三年間を無駄にしてしまうんだ」

「そりゃ、誤解してるよ」彼はくすくす笑った。「洗脳とは、だいぶ違う」

「あんたは、もしかしたら、さなぎセンターから出てきたんじゃないのか」勝哉が疑わしげにいった。

男はあっさりとうなずいた。「ああ。昨日出てきたんだ」

「え」

店内の若者十数人が、いっせいに彼を見つめた。

「なあんだ」秀子が大っぴらに嘲笑《ちょうしょう》した。「さなぎセンターのまわし者か」

その男は怒りもせず、あいかわらずにこやかに笑っていた。おれはちょっと、むかむかした。若いくせにいやに大人びたそのわけ知り顔が、なんとなく癪《しゃく》にさわったのだ。

「さなぎにされるってのは、どんな気持だい」と、勝哉が訊ねた。「さなぎにされている間、どんなことを考えるんだい」

「夢を見るんだよ」と、彼は答えた。「いろいろな夢だ。特に、反抗している夢だ。自分が親に反抗し、社会に反抗している夢だ」

「見るんじゃなく、見せられるんだろ」と、石坂がいった。「何かの刺戟《しげき》をあたえられて」

「そしておそらくその反抗は」と、おれもいった。「たいてい失敗に終り、反抗することがいかにわりに合わないことかということを思い知らされるんだ。そうじゃないのか」

「まあ、そういう夢も見るが」彼は苦笑した。「時には反抗が成功する夢も見るよ。時には革命が成功したという夢さえ見る」

「ふん」石坂が鼻を鳴らした。「そして、革命のむなしさをひしひしと味わわされるってわけかい。夢の中で」

「その通りだよ」彼は真面目な顔でうなずいた。「あれは実際、むなしいもんだ。だって、革命に成功したって、そこには何もないんだものな。いつまでたっても何の楽しみもないし、だいいち革命を成功させたという満足感さえ味わっている暇がない。新しい苦労の種を作るみたいなもので、別の不平不満や、内輪もめの続出だ」溜息をついた。「あれはいやなものだったよ」

「まるで夢じゃないみたいな言いかたね」秀子が唇を歪めて皮肉った。

「あれは夢じゃない。首尾一貫しているから、別の人生だともいえる。別の人生を何度も何度も、試行錯誤的にくり返すんだ。さなぎにされたことで、ぼくは青春の三年間を無駄にしたとはちっとも思わないんだ」

それでそんなに、いやらしい大人になってしまったんだな、と、おれは思った。

「じゃあ、さぞ世の中のことがわかったでしょうね」秀子が口を尖らせた。「そんな人が、どうしてこんなところにいるの。ここは反抗的な子供のくるところよ。大人のくる場所じゃないわ」

「三年前まで、ぼくはここの常連だったんだ」彼はにやにや笑って答えた。「ここでずっと会っていた女の子がいるんだ。誰か知らないかなあ。鴨井由利って女の子なんだけど」

「あっ。それじゃ、あんたが由利の恋人だった人かい。村田とかいう」おれたちとは反対側の隅にいた男が大声を出した。「由利なら去年結婚しちゃったぜ。いやらしいいやらしい、おれたちの大学の助教授と。村田ってひとが来たらよろしくって、これは彼女にやにや笑い続けたまま、村田というその男は、ぴしりと自分の額を叩いた。「遅かったか」

汚いものを見る表情で、秀子がいった。「悲しくないの。あんた、怒らないの」

「まあ、そんなことじゃないかと、ある程度は予想していたからな」

「ふん」秀子は村田から顔をそむけた。「人間ができてるのね」

おれは、一年ほど前に、やはりさなぎにされてしまった和江のことを思い出した。おれの恋人だった娘だ。彼女を待ち続けるつもりだったが、この分では和江だって、さなぎセンターから出てきた時に、はたしておれともと通りつきあってくれるかどうかあやしいものだという気がした。おれには経済力がないから、和江に限らず若い娘にとって、結婚の相手としてさほどふさわしいとは思えないからだ。

狼《おおかみ》のような眼つきをした背広の男が入ってきて、店内をじろじろ見まわした。「上坂勝哉という者はいるか」

全員が黙りこんだ。

刑事はおれに言った。「ここにいることはわかっているんだ。どの男だ」

おれはしかたなく、隣りの席の勝哉を顎《あご》で示した。嘘《うそ》をついたりすれば、おれまでがさなぎにされてしまう。

勝哉が悲鳴をあげ、立ちあがって逃げようとした。パイプの椅子《いす》が倒れた。刑事が勝哉を背後から抱きすくめた。

「いやだ」勝哉が身もだえしながら叫んだ。「さなぎはいやだ。死んだ方がいい。死んだ方がましだ」

「騒ぐな」刑事がしかめ面をして投げやりにいった。「自分の父親にひどいことを言ったんだ。そのひねくれた性格をなおしてもらえるんだぞ」

「本気で言ったんじゃありません」勝哉は泣き叫んだ。「堪忍してください。悪かったと思っています。もうあんなことは言いません」

「その子、おとなしい子なのよ」と、秀子が横からいった。

刑事は秀子を睨んだ。「父親が警察へ、さなぎにしてくれと頼んできたんだ。お前はこいつのことを、こいつの父親以上によく知っているっていうのか。え」

秀子は黙ってしまった。

勝哉が刑事につれて行かれてしばらくしてから、秀子がおれにいった。「ね、さなぎセンターへ行ってみない」

さなぎセンターにいる和江には、ながい間会いに行っていない。秀子もおそらく、さっきの村田という男の話を聞いて、急に芳正に会いたくなったに違いなかった。さなぎセンターそのものは陰気な建物なので嫌いだが、しかし、どうしても足を向けずにはいられない、気になる場所でもあり、おれはすでに前後六回、和江に会うためにさなぎセンターへ通っていた。おれは秀子とふたりで地下高速に乗り、さなぎセンターに向かった。

さなぎセンターの正式の名称は、「疑似冬眠感化センター」というのだが、今では新聞でさえ堂々と「さなぎセンター」なる俗称を使っている。その方が青少年にあたえる心理的圧迫が強いのかもしれない。黒褐色のでかい建物で、正面玄関の右横にある「面会ブース」と書かれた小さな通用門をくぐると、奥にまっすぐ細い通路がのびていて、その両側の小部屋の連なりとは頑丈な透明ガラスで仕切られている。ガラスの彼方《かなた》の小部屋には、さらに棺桶《かんおけ》大のガラス・ケースがひとつのブースに三つずつ立てて並べられていて、そのひとつひとつに、さなぎにされた若い男女が立ったまま入っているのである。
十五、六歳から二十三、四歳までの、そのさなぎにされた連中は、いずれも裸体であるが、身体全体がちょうど本ものの昆虫のさなぎのように茶褐色になってしまい、干からびたように固くなり、亀裂のような無数の皺《しわ》に埋もれているため、人体のなまなましさはまったくない。反抗心に満ちて醜く歪んだまま固着してしまっている表情は、ちょうどグロテスクな似顔漫画のようである。反抗心だけではなく、怒りっぽいやつは憎悪に満ちあふれ、臆病者《おくびょうもの》は恐怖におののき、悪賢いやつは狡猾《こうかつ》極まりない顔つきになり、つまりそれぞれがその性格を誇張し、典型へとデフォルメしたような表情になって、巧妙に、完全にカリカチュアライズされた顔を大っぴらにさらけ出して並んでいた。
面会人はおれたちだけだった。面会といったところで、さなぎにされた知人を見るというだけのことだ。しんと静まり返った館内は不気味である。なにしろ並んでいるのが疑似冬眠中の本当の人間なのだから、その不気味さは蠟《ろう》人形館などの比ではない。

一階には百体ほどのさなぎが陳列されていて、廊下のつきあたりの階段を二階へ登ると、そこも一階と同じような面会ブースである。さなぎにされた和江は、とっかかりのブースに並んだ三体の中央に立たされていた。少し意地悪なところのある娘で、おれにはそこが可愛かったのだが、さなぎになった彼女はその娘らしい意地悪さが露骨に戯画化された表情となり、少女小説に出てくる憎まれ役の娘みたいな顔になってしまっていた。閉じた眼と頰とを片側だけ恨めしげにしかめ、唇の端を醜く歪めている。O脚まで誇張されていた。

「これがおれの恋人か」おれは溜息とともにそう呟《つぶや》いた。

秀子がおれに、非難の眼を向けた。「あなただって、こうなるかもしれないのよ」

おれは唇を嚙《か》み、決然とかぶりを振った。「おれは絶対に、さなぎにはならないよ」

うなずいた。「絶対にならない」

芳正はその階の中央部のブースの、三体の右側にいた。口を半開きにして歯をみせた芳正は、兇悪《きょうあく》な怒りの表情を固着させていた。

「でも、以前よりはほんの少しおだやかな顔になったわ」やや物足りなげに、秀子はそういった。

一階へ降りると、さっきは一体も陳列されていなかった新入者用のブースに、もう早、勝哉が茶褐色のさなぎにされて入っていた。警察と、センターの医師たちの手際のよさに、おれはちょっと驚いた。悲しげに顔を歪め、さなぎにされたばかりなので胴体を間歇《かんけつ》的にぴくり、ぴくりと動かしている。すでに夢を見はじめているらしい。

「ああ」と、秀子が呻《うめ》いた。「いや。いや。可哀想」涙を浮かべていた。

勝哉を見ているおれたちのところへ足音が近づいてきた。勝哉の父親と母親だった。さなぎにされた勝哉を見に来たらしい。

「勝哉」母親がわっと泣き出した。「ご覧なさい。あなた。あんな悲しそうな顔をして」泣き続けた。「おとなしい子だったのに。さなぎにすることなんか、ちっともなかったのに」

「黙りなさい。これでいいのだ」頑固そうな父親が妻を怒鳴《どな》りつけ、おれたちの敵意のこもった視線に気がつき、虚勢をはって向きなおり、ふうむ、と、大きな鼻息で睨み返した。「あんたたち、勝哉の友達かね」

「そうです」と、おれは答えた。

「そうかい。で、あんたたちもやっぱり、勝哉をさなぎにする必要はなかったと思うのかね」

秀子が無言で、すたすたと出口の方へ歩きだした。おれは彼女のあとを追おうとした。

「待て」館内に、勝哉の父親の声が響きわたった。「大人の質問に返事をせんのか。わしを無視するのか」

おれたちはしかたなく立ち止り、振り返った。

怒りに燃え、眼をぎらぎらと光らせていた彼は、おれたちの憎悪の眼に少したじたじとしてから、すぐ、狡猾そうなうすら笑いを浮かべた。「警察へ連絡してやろうか。その反抗的な眼つきはなんだ。その反抗的な眼つきは」

おれは軽く肩をすくめ、愛想笑いをして見せた。「すみません。お父さんが決められたことですから、やっぱり勝哉君は、さなぎにされなきゃならなかったんだと思います」

「よろしい」彼は二重顎をしゃくった。「行きなさい」

センターを出るなり秀子は、ぺっぺっぺっと、あたりへ唾《つば》を吐き散らした。

地下高速のターミナルで別れる時、秀子はおれにいった。「わたし、淋《さび》しいわ」

「おれもさ」

「ね、どこかでセックスしない」秀子とは、まだ一度も寝ていない。

「悪いけど」おれは、かぶりを振った。「その気にならないんだ」

秀子はちょっと恨めしげにおれを見てから、くすくす笑った。「さなぎにされたわたしを想像するからでしょう」

「そうかもしれない」おれは笑った。「じゃ、また、いつか、な」

「ええ、さようなら」

おれの家は団地アパートの十二階にある３ＤＫだ。ドアを開けるとダイニング・キチンで父親がひとり夕飯を食べていた。母親の姿は見えない。例によって何かの稽古《けいこ》ごとの帰りに、主婦たち数人とつれ立って喫茶店へでも入り、喋っているのだろう。

「遅かったな」ビールを飲んでいる父が、不機嫌そうに言った。「こんな時間まで、どこにいた」

おれは冷蔵庫の上の置時計をちらと見た。「でも、まだ八時だよ」

父の鼻の横の筋肉が、片方だけひくひくと上下した。

「すみません」おれはいそいであやまった。「スナックで、友達と話しこんでいたんです」

「セルフ・サービス・スナックへは行くなと言っただろう」父は唸《うな》るように言った。「で、お前もやっぱり、その友達とかいう連中と、親や教師の悪口ばかり喋りあっているのか」

「いいえ」おれは笑いながら、かぶりを振った。「そんなことは喋りあったりしませんよ」

キチン・テーブルと食器棚の間をすり抜け、自分の部屋へ行こうとした。

「夕飯は、食わないのか」

「はあ。まだ、それほど腹が減っていないから」部屋に入ろうとした。

「そうか」と、父親がいった。「おれと一緒じゃ、食いたくないか」

おれは立ち止った。

ゆっくりと、振り返った。

父はそ知らぬ顔でビールのグラスを口に運んだ。だが、あきらかにおれの反応をうかがっていた。

「そんなこと、ありません」おれは引き返して、父と向かいあわせに腰をおろした。無理をして、くすくす笑って見せた。「いやだなあ。お父さんは」

父の眼に、安堵《あんど》の色が浮かんだ。だが、それを悟られたくはないらしく、わざと横柄な口調でいった。「ビールが欲しかったら、グラスを出せ」

おれはうきうきした様子をし、少しおどけて見せた。「あっ。それならいただきます」立ちあがり、食器棚からグラスを出した。

「いや。待て」父が腕組みをした。「お前はビールを飲むな」

おれはとまどって、父の態度を横眼で観察した。父は、おれのご機嫌とりをしてしまった自分に腹を立てていた。彼はわざと尊大に背をそらせ、おれを正面から睨みつけた。

「お前はまだ子供だ。ビールを飲むには早い」決然とうなずいた。「飲んではいかん」

「はあ」おれはのろのろとグラスをもとへ戻し、椅子に掛けた。「そうでしたね」

「若いうちからビールを飲んではいかん。そうだろう」弁解するように、父はおれに同意を求め、そんな言いかたをしてしまった自分の気の弱さに、また自分で腹を立てた。

彼は大声でおれに言った。「不服そうな顔をするんじゃない」

「不服だなんて、そんな」おれは椅子の上で数センチ身を浮かせた。

「今後、絶対にセルフ・サービス・スナックへ行ってはいかん。わかったか」

「弱ったな」おれは頭を掻《か》いた。「友達に会えなくなってしまうんだけどなあ。友達はみんな、あのスナックへ集まるから」

「では、そんな友達とは交際するな」間髪を入れず、父は命令した。「来年は卒業だろうが。スナックなんかに入り浸ってると、いいところへ就職できないぞ」

「大丈夫です。それはご心配なく」おれはできるだけおだやかに反対の意を見せた。「スナックの常連で、いい会社に就職したやつもいます。そういうやつがスナックにやってきて、いろいろなニュースを教えてくれたりもするんです」

眼を丸くし、父親はおれが喋るのを見つめていた。やがて、また背をそらせた。「どうしてお前は、わしのいうことに、いちいち反対する」白眼《にら》みつけた。「わしのいうことが聞けんのか。わしのいうことは全部、間違っているのか。え、わしのいうことは古臭くて、今の若い連中のことが何もわかっていなくて、だからおかしくて聞いていられないというわけか。そうだな」

なんだ、自分でちゃんとわかっているじゃないか、と、おれは思った。おれがいちばんいらいらするのは、父親のこういったものの言いかたである。命令し、弾圧するのなら、はっきりとそうしてくれればこちらも命令のされ甲斐《がい》、弾圧の加えられ甲斐がある。昔の家父長制全盛の大家族時代なら、父親は息子の行動を権力で束縛し、息子が自分を憎もうがどうしようが、そんなことにはお構いなしだった。ところが今の父親は、息子を自分の思い通りにしようとする一方で、息子の反抗をひどく恐れている。自分の命令に対する息子の反応にひどく敏感だ。おそらくそれは父親に向かって大っぴらに反逆できた彼らの青少年時代の記憶がそうさせるのだろう。子供に反抗されておろおろしている自分たちの父親のことを知っているものだから、自分はそんな醜態をさらすまいとし、けんめいに虚勢をはっているのである。その虚勢が崩れそうになった時の彼らの最後のよりどころが、いうまでもなく二十年前にできた「さなぎセンター」なのだ。

「困ったなあ」おれは大袈裟《おおげさ》に身もだえて見せた。「そんなこと、ないったら」もしもスナックへ行けなくなったら大変である。おれはなんとか話を胡麻化《ごまか》そうとし、いそいで立ちあがった。「ぼくも腹が減ってきちゃった。何か食べよう」冷蔵庫をあけ、おれの分だと思える半即席食品を出し、その熊印ムキエビのコマーシャル・ソングをおどけた調子で歌いながらテーブルに置き、食器と箸《はし》を並べた。

　父親が、があん、とテーブルを叩いた。「ふざけるな」

「すみません」おれはしゅんとして椅子に掛け、うなだれた。

「わしはまじめに話しているんだぞ」声を顫《ふる》わせていた。「ふ、ふざけやがって。茶化しやがって」

　おれはしばらく身をこわばらせて恭順の意を表してから、やがてのろのろと箸をとり、ゆっくりと食べはじめた。涙が出そうだった。無理をしてふざけて見せて叱られる自分がなさけなかったし、それ以上に、そんななさけなさを自分に感じさせる父親が、いくらぶん殴ってぶん殴ってぶん殴ってもあきたりないほど憎らしかった。

ところが父親は、ビールをがぶりとひと口まずそうに飲んでから、わざとそっぽを向き、そっぽを向いたまま指で奥歯にはさまったものを取ろうとしながらおれに訊ねた。

「お前は父親を尊敬しとるか。ん」

箸を持った手の動きを停《と》め、おれはしばらく唖然《あぜん》とした。彼はまだこの上、おれが父親のことをどう思っているかを確かめたいのだ。あんな厭味《いやみ》をさんざんしておきながら、まだ、それを気にしているのだ。そして自分の権威をおれに、口に出して認めさせることによって自分でもそれを認めたいのだ。そしてまた、あれだけおれに憎まれるよう努めておきながら、厚かましいことにその上まだ幾分かはおれの好意まで欲しているのだった。

しばらくは、どう答えていいのかわからなかった。尊敬していますと言えばいいのかもしれなかったが、そんなそらぞらしいことは嘘に決っていると父親自身がそう思う筈《はず》だから、そう答えるには抵抗があった。おれはせいいっぱい抵抗のないことばを捜して答えた。

「ぼくはお父さんを愛してます」

たちまち父の顔が醜く歪んだ。彼は歪めたままの顔をおれに向け、毛虫を見る眼でおれをじろじろと見た。「あ、愛してますだと。そんないやらしい言いかたが、よく出来るな。けっ。女の腐ったみたいな」いやらしい口調で、おれの口真似をして見せた。

「ぼく、お父さんを愛してます。けっ」身顫《みぶる》いをした。

父親が「愛している」ということばを抵抗なしに口に出すことのできない世代に属しているということに、おれはやっと、気がついた。彼らは、照れもせず、自我の一部を崩すこともなく「愛している」ということばを口にすることができないのだ。彼らにとって、平気で「愛している」などと口にできる男は女たらしであり、不良であり、男らしくない人間なのである。

「でも本当なんですから」少なくとも一時、肉親なのだから父を愛さなくてはいけないと思い、そう努めたことは本当だった。

父親は片頬を歪めたままで、やけくそのようにムキエビのひと塊りを口に抛《ほう》りこみ、しばらくはもぐもぐと口を動かし続けた。

やがて、彼は大声で言った。「あの娘にも、そう言ったんだろう。お前の恋人の、そう、和江とかいったな」しなを作り、父親は両手を心臓の上にあてた。「和江さん。ぼく、和江さんを愛してます。けっ」彼の口からムキエビがとんで出た。

おれは黙って食べ続けた。

父はいい気になって言いつのった。「そうか。そうか。和江さんのことは言ってほしくないか。惚《ほ》れてやがるんだな。けっ」テーブルに身をのり出し、おれの顔をのぞきこんだ。「どうなんだ。え。今でもまだ惚れてるのか。その、和江さんっていう小便臭い娘に。え。どうなんだ」

おれのからだは、どうしようもなく顫えはじめた。挑発にのってはいけない、自分にそう言い聞かせ、おれは一心不乱に食べ続けた。

父親はまた、テーブルを叩きつけた。「やい。おれが話している時は、食べるのをやめろ」

いそいで箸を置いた時、おれのからだの顫えは、怒りと悲しみでもはや痙攣《けいれん》に近かった。おれは俯《うつむ》向いたままで答えた。「はい。ぼくは、和江さんを、愛してます。本当に」

父親は、満足そうな鼻息とともに大きくうなずいた。「そうか。そうか」小きざみに、何度かうなずき、うなずきながらいった。「愛してますか。そうか。しかし」大きく息を吸いこんだ。「結婚なんか、させてやらんからな」

呼吸《いき》を一瞬停めたおれの顔を、彼はしばらく観察し続けた。おれの眼の前の食器が、涙でぼやけた。泣き出したおれに気づき、けけっ、と彼は嬉《うれ》しげな笑いを洩《も》らした。

「でも、どうしてですか」押し出すように、おれは涙で嗄《か》れた声を出した。「和江さんはいい娘です」

「さなぎにされたじゃないか」それがすべてであるという調子で、父親はおれの鼻先に指をつきつけ、大声でそういった。「さなぎにされるような娘は、ろくな娘じゃない。きっと育ちの悪い、反抗的な娘なんだ。そうに決っている。家庭の教育も悪かったんだろう。きっとそうだ。そうに違いない」彼は次第に興奮しはじめた。「そんな、どこの馬の骨ともわからん娘を、息子の嫁にできるか」

和江の父親は食品会社の社長である。だがそれを言えば、父はますます怒り狂うに決っていた。おれの父親は小さな工場の主任なのだ。

黙って泣いているおれを見て、父親は嗜虐的に眼を光らせた。「ほう。そうか。泣くほど好きだったのか。そんなに惚れていたのか」急に笑い出した。「きっと、うまく誘惑されたんだろう。誑《たら》しこまれたんだ。ふん。その娘のどこに惚れたんだ。え。どうやって誘惑されたんだ」興奮していた。「ああら。わたし、あなたが大好きよ。そう言われて、ぼうっとなったのか。え」

おれの咽喉《のど》から、呻くような嗚咽《おえつ》が洩《も》れた。

父親は立ちあがり、ぴょんと椅子の上にとびあがった。ガウンの裾《すそ》を膝の上までまくりあげて毛脛《けずね》をあらわにし、踊るような恰好《かっこう》をして見せた。「ほうら。このわたいの足を見て頂戴《ちょうだい》。魅力的でしょう」足をぴょんぴょん両側へはねあげた。「ほうら。わたいを好きになって頂戴。ほうら。ほうら。どうだ。こういう具合にして誘惑されたか。え。太腿《ふともも》を見て、ふらふらっ、と、なったか」ガウンを腹までまくりあげた。「ほうら。いらっしゃい。わたいのおなかの上へいらっしゃい」腰を振った。

おれは眼をそむけた。

父親は、滅茶苦茶《めちゃ》に興奮していた。「見ろ。こっちを見んかい」天井の一隅に眼をやり、眼球をぐるりと剝《む》き出してポーズをとりながら、片頰《かたほお》に人差し指を押しあてた。「ほうら。わたいは綺麗《きれい》でしょう。ねえ。結婚して頂戴よ。ねえ。寝ましょうよ。寝ましょうよ」尻《しり》を振り過ぎ、足を踏みはずし、父親は椅子から転げ落ちた。椅子が倒れた。父親は床にひっくり返り、一段高くなっている隣室との境の敷居のかどにはげしく頭を叩きつけた。「いてててててて」いそいで起きあがり、おれの傍に駈《か》け寄った。「どうだ。こういう具合にして誑《たら》しこまれたか」

父親は、テーブルに泣き伏そうとしたおれの頭髪をぐいっと鷲《わし》づかみにして無理やりおれの顔を起こした。おれの眼の前に、白眼が牡蠣《かき》のように濁っていて鼻毛ののびた、いかつい父親の顔があった。

「ふん」おれの泣き顔をつくづくと見てから、彼はおれの頭をつきはなした。「やっぱりそうか。男を誘惑するような、そんな娘だからこそ、さなぎにされたんだ。結婚なんて、とんでもない話だ。絶対に結婚なんか、させてやらんからな。お前の結婚相手は、わしが見つけてやる。それも、お前が一人前になってからだ。男は、少なくとも三十歳を越えなきゃ一人前とは言えんからな。わしなんかは三十四歳で結婚したんだ」ふう、と、なま臭い息をおれの顔に浴びせかけ、彼はゆっくりと訊ねた。「どうだ。何か文句がありそうだな。え。言ってみろ、言ってみろよ」

言ったらただじゃおかないという眼つきをして「言ってみろ」もないもんだ、と、おれは思った。しかし、何か言わないわけにはいかなかった。黙っていれば反抗と受けとられてしまうのだ。

おれは泣きじゃくりながら、とぎれとぎれに言った。「どうして、お父さんは、そんなにぼくを、いじめるんです。ぼく、何も悪いことしてないのに」

「ぼく、何も悪いことしてないのに、だと、けっ」父親はおれの胸ぐらをつかんで椅子から立たせた。「おい。お前がわしのことをどう思ってるか、わしにはわからんとでも思ってるのか。え」おれの顔をのぞきこんだ。「お前がおれを憎んでいるくらいのことは、ちゃんとわかっているんだ。どうだ。白状しろ。お前がおれに服従したり、お世辞をいったり、愛想笑いをしたり、おどけて胡麻化したりするのは、おれを憎んでいることを隠すためだ。さなぎにされては大変だからだ。そうだろう」

涙がとまった。おれはじっと父親の眼を見つめ返した。

おれの視線に耐えきれず、父は罵声《ばせい》をあげた。「その眼つきは何だ」彼の平手がおれの頰にとんだ。

おれは床に倒れた。

父親はおれの胸ぐらをつかみ、またおれを立たせた。「お前の考えていることぐらい、ちゃんとわかっているぞ。今はおれに反抗せず、おとなしくしておいて、いずれはおれに復讐《ふくしゅう》する気だろう。どうだ」

おれは父の洞察力に少し驚いた。その通りだったからだ。

父親はあきらかに、おれの復讐を恐れていた。そのため、なんとかしておれに反抗させ、今のうちにおれをさなぎにしてしまおうとし、けんめいにおれを挑発しているのだ。

だが、挑発にのってはならなかった。父親に向かって手をあげたりしようものなら勿論《もちろん》のこと、口答えしてさえ、父はそれを口実に、おれをさなぎにするだろう。さなぎにされてしまえば、もはや復讐心などはなくなってしまうのである。

「なんとか言え。こいつめ」父親はおれの顔面に握りこぶしを叩きこんだ。

おれは吹っとび、流し台のかどにいやというほど背骨を打ちつけた。「ぐっ」眼の前に赤い火花が踊った。痛みと怒りの火花だ。おれはもうすこしで、立ちあがり、父親にとびかかっていくところだった。だが、ぐっとこらえて、わざと床にころがった。反抗してはいけない。我慢するんだ。今はすべてに耐えるのだ。そしていつか、やがてこの男が歳《とし》をとり、老人になった時、痛烈な復讐をしてやるのだ。そうとも。必ず、復讐シテヤルゾ。

「そんな。復讐だなんて」わざとひいひい悲鳴をあげながら、おれは弱々しく叫んだ。

「そんなこと、夢にも考えていません」

父親はまたおれを抱き起こした。「男なら、堂々と反抗しろ。さあ。おれに殴りかかってこい」拳固《げんこ》を、おれの鼻柱に叩きつけた。

ぎゃっと叫んで、おれは隣室へころがりこんだ。あたりに、おれの鼻血が飛び散った。憶《おぼ》えていろ。きっと復讐シテヤルゾ。お前が爺《じい》さんになった時、いやというほど痛い目に会わせてやるからな。折れた歯を吐き出しながら、おれはそう思った。

「堪忍してください。堪忍してください」

「こいつめ」父親は椅子を振りあげ、おれの頭に振りおろした。

「ぎゃっ」

椅子の足がばらばらになった。おれの頭からは滝のように血が流れ落ちた。

憶えていろ。復讐シテヤルゾ。

三年経《た》った。おれはまだじっと我慢をし続けていて、父親はおれを痛め続けていた。

復讐シテヤルゾ。

五年経った。復讐シテヤルゾ。キット復讐シテヤルノダ。

十年経った。復讐シテヤルゾ。

二十年経った。父親は死んだ。

復讐シテヤルゾ。オレダケガ父親カラアレダケ痛メツケラレタトイウノデハ、イクラ何デモ不公平ダ。昔オレガ痛メツケラレタト同ジヨウニ、今度はオレノ息子ヲ痛メツケテヤルノダ。ナアニ。反抗ナドデキルモノカ。モシ反抗シタラ、サナギせんたあ行キナノダカラナ。

ウィークエンド・シャッフル

「今日はご近所、みなお留守《るす》なのよ」

コーヒーを飲みながら朝刊を読んでいる夫の章に、暢子《のぶこ》はそういった。「岩波さんも角川さんも、河出さんも徳間さんも、潮《うしお》さんも早川さんも、みんなみんなお留守」くすくす笑った。「お郷里《さと》へ帰ったり、香港《ホンコン》へ買物に行ったり、温泉へ行ったり、学会へ行ったり、会社の海の家へ行ったり」よく陽のあたるヴェランダの椅子《いす》の上で、彼女は背伸びをした。「静かでいいわ。へたくそなピアノも聞こえてこないし」くすくす笑った。

「南無妙法蓮華《れんげ》経も聞こえないしな」と、章が調子をあわせた。

「あの猛烈な嗽《うがい》の音も聞こえないし」

「怒鳴りあいの声も聞こえないし」

「モダン・ジャズのレコードも聞こえないし」

「子供の声も聞こえないし」

「えっ」章のことばに、暢子は一瞬はっとして耳をそばだてた。「あら。本当だわ。茂の声が聞こえないわ。またどこかへ出て行ったんじゃないかしら」不安そうに、彼女は立ちあがった。

「ひとりで遊んでるんだろ」章が新聞から眼をはなした。「声が聞こえないのはあたり前さ」

「ううん。あの子、ひとりごとを言って遊ぶの」ヴェランダのガラス戸を開き、暢子は庭を見まわした。「いつも何か喋《しゃべ》りながら遊んでるわ。はいはいわたしはイヌのおまわりさんです。工事中ですから電柱の下を歩かないでください。あの子はもう学校から帰りましたか。学校では今何をやってますか。学校は今、火事です。先生は何してるんですか。先生は死んでいます。もうじきガスが爆発します。こっちへこないでください」

「そういえばそうだな。それはおれもよく聞く」章は立ちあがった。「玄関の方にいるんじゃないか」

「見てくるわ」茂、茂と叫びながら暢子は玄関から出て行き、すぐヴェランダから入ってきた。「いないわ。家の前の道路にも、家の横手にも」

「おれが捜してくる」テーブルの上の煙草とライターをポケットへ入れながら章はいった。

「いつも、どこまで行くんだ」

「上の公園へ行ったんだわ。きっとそうよ」暢子は自分のことばに自分でうなずいた。

「お願い。捜してきて。わたしそろそろ、掃除しなきゃいけないの。今日、女子大時代の友達が三人くるから」

「気をつけとかなきゃだめじゃないか」章はぶつぶつ言いながら、玄関から出て行った。

「まだ五歳なんだぞ」

コーヒー茶碗《ぢゃわん》を片づけてから、暢子は掃除をはじめた。台所、食堂兼用のヴェランダ、ヴェランダから玄関に続く廊下、廊下の右側の寝室、廊下の左側の応接室兼用の書斎、若いサラリーマンの家としては恵まれすぎているほどの広さで、だから掃除には時間がかかるが、暢子はさほど面倒と思わない。やさしい家庭的な夫、利口で可愛いひとり息子、新しいモダンな一戸建ち住宅、誰もが羨《うらや》む幸福な家庭であって、これで不服を言っては罰《ばち》があたる。

一階の掃除を終え、二階の四畳半と六畳の日本間へ電気掃除機を運ぼうとした時、応接室の電話が鳴った。昼ごろ来ることになっている女子大時代の友人の誰かからだろうと思いながら、暢子は応接室に入り、章の机の上の受話器をとった。

「もしもし。斑猫《はんみょう》でございますが」

「ああ。奥さんかね」突然、黝《くろ》い男の声が不吉感とともに暢子を襲った。「旦那《だんな》はいないの」

上品で暖かい平和な家庭とはまるで無縁な、乱暴で卑しい口調の男の声は、暢子に覆いかぶさってこようとしている不幸の影を濃く背負っているように思えた。

「主人は今ちょっと、出かけておりますが」強い精神的打撃の予感が、すでに暢子の下半身を痺《しび》れさせていた。「どちらさまで。あの、ご用件は」

「じゃ、しかたがないな。奥さんでもいいや。そのかわり、よく聞いてくれないと困るよ。実はね、あんたの子供を預ってるんだ。誘拐《ゆうかい》だよ。わかるかい。おれ、あんたの子供を誘拐したんだよ」

瞬間、暢子はデジャ・ヴュを起した。こんなことがいつか前にもあった。あの時わたしはどうしただろう。あの時はどんな結果になっただろう。その結果をわたしは知っている。だが、思い出せない。

悪質な冗談だと思おうとした。だが男の声の調子から、暢子は直感でそうではないことがわかっていたし、そう思って瞬時己れを胡麻化《ごまか》したところで、やがて次つぎとやってくるであろうさらに強烈な打撃のクッションにはならない。

「どうした。気絶したのか。気絶なんかしないでくれよ。まだ話は終ってないんだからな。外へ見に行っても無駄だよ。捜しまわったってだめだ。ここはお宅からだいぶ離れているし。おい。どうした。なぜ黙っているんだ」勦い声に苛立《いらだ》たしさが加わった。「そこにいるのか。返事しろ」

「聞いています」掠《かす》れた声で、暢子は押し出すように答えた。

受話器の中で、ぶうんという低い機械的な音がしていたが、それが暢子自身の耳鳴りなのかどうか、彼女にはわからなかった。

「落ちついているな。よし。じゃ、言うぞ。三百万円用意しろ。三百万円だ。警察に電話しちゃいかん。親戚《しんせき》にもだ。近所のやつらにも喋《しゃべ》っちゃいかん。騒いじゃいかん。わかったか」声が次第に早口になった。「今日は近所のやつらが誰もいないことはわかっている。旦那は今日は休みの筈《はず》だが、どこへ出かけたんだ」

「あの、茂は」涙がこみあげてきて、鼻がつまった。「茂はそこにいるんですか」

男は舌打ちした。「女はこれだからいやだ。泣くな。泣いているやつと話はできん。電話を切るぞ」

「主人は子供を捜しに出たんです」暢子の声はヒステリックにはねあがった。「もう、だいぶ前に出かけたんです。それよりも茂の声を聞かせてください。そこにいるんでしょう」

「そうか。本当におれが誘拐したのかどうかを知りたいわけだな。よし。聞かせてやる」

男の掌《て》が送話口を塞《ふさ》いだらしく、しばらく、あのぶうんという唸《うな》りは聞こえなくなった。暢子の耳鳴りではなかったらしい。

やがて小きざみな息遣《いきづか》いとともに、まぎれもない彼女のひとり息子の声がはっきりと聞こえた。「ママ」

「茂」と、暢子は叫んだ。胸がいっぱいになった。膝《ひざ》が、がくがくした。

「あ。ママ。ママ」茂があわてて何か言おうとしている気配だった。

だが、また男の掌が送話口を塞いだ。受話器を耳に押しあてたまま膝を折り、暢子はカーペットの上に坐《すわ》りこんでしまった。何も考えられず、彼女の頭の中にはいつもの茂のひとりごとが意味なくくり返され続けているだけだった。「はいはいわたしはイヌのおまわりさんです。はいはいわたしはイヌのおまわりさんです」

「おい。聞いてるのか。おい」

男の声が怒鳴り続けていることに気がつき、暢子ははっとして身をのけぞらせた。

「はい。はい。聞いています」聞かなきゃいけないわ、と、暢子は思った。この男の言うことを一言一句洩《も》らさず聞かなければ。わたしは落ちついているかしら。落ちつかなきゃいけないのだわ。ええ。わたしは落ちついてるわ。落ちつけ、落ちつけって、自分に言い聞かしているくらいだもの。そう。わたしは落ちついてるわ。

「子供が見つからないから、旦那はすぐに帰ってくる筈だ」男がゆっくりと喋りはじめた。

「そしたらすぐ、おれから電話があったことを言うんだ。そして三百万円、いそいで用意させろ」

「三百万円」はじめて金額の非現実性に気づき、暢子は思わず叫んだ。「三百万円なんてお金、そんなお金、ありません。ありません」彼女の声は次第に悲鳴に近づいた。

「わたしの家はただのサラリーマンなんです。そんな、三百万円なんてお金」

「嘘《うそ》をつけ」男が大声で怒鳴り返した。

「あ」暢子の耳がじいんと鳴った。

「出たらめを言うな。そんなでかい家に住んでいて、三百万円ぐらいの金、ないわけがあるか。だいたいサラリーマン風情がそんな家に住めるもんか」狙《ねら》うべき家庭を間違えたとは認めたくないらしく、男はむきになって叫び続けた。「はじめは一千万円吹きかけようかと思ったんだが、身代金が高すぎてもし払うあてがないと警察に連絡されるおそれがあるから、三百万円に負けといてやったんだ。亭主にそう言え。何がなんでも三百万円用意しろとな。受取る方法はあとでまた連絡する」

「あああああ」すすり泣きと同時に暢子の咽喉《のど》から絶望の呻《うめ》き声が洩れた。

「なんだ。どうした。今の声は何だ」

「お金、ありません。お金、ありません」狂気のように髪を振り乱し、暢子ははげしくかぶりを振った。「銀行には四十万円足らずしかありません。本当です。この家はこのあいだ建てたばかりで、お金はほとんど使ってしまったんです。本当です。本当です。あああああ」暢子は泣き崩れ、カーペットに顔を伏せた。

男がまた舌打ちした。「泣くな。泣くと電話を切るぞ。子供がどうなってもいいのか」

「やめて」暢子は悲鳴まじりに叫んで、また背をのけぞらせた。「茂に何もしないでください」

「黙れ。うるさい。おれに命令するな。おれは人から命令されるのが大嫌いなんだ」男はそう吠《ほ》えてから、呟《つぶや》くようにいった。「商売で儲《もう》けている家だとばかり思っていたんだが」いささか途方に暮れているようでもあった。「サラリーマンが、なぜそんなでかい家に住んでいるんだ」

「茂はどうしていますか」暢子は手の甲で頰《ほお》の涙を拭《ぬぐ》いながら訊《たず》ねた。「泣いてはいませんか」

「とにかく、亭主が戻ったら三百万円用意しろといえ。わかったか」男は気をとりなおした様子で、決然とそういった。「さもなければ子供を絞め殺す」

「やめて」と暢子は叫んだ。「お願いです。お慈悲です。それだけはやめてください」

「おれの言うことを聞け」男がまた怒鳴った。「金を都合するのは男の役目だ。あんたが心配することはない。旦那は、なんとか掻《か》き集めてくるだろうさ」男は考えながら、自分を納得させるようにいった。「若いサラリーマンのくせに、そんなでかい家を建てるほど甲斐性《かいしょう》のある旦那だものな。銀行へ行って借りるなりなんなり、するだろうさ」

週末だ、ということに気がつき、暢子はあわてて言った。「でも、あの、今日は土曜日であの、銀行は」

「昼までだ」男が声をおっかぶせた。「そんなことぐらい、教えてもらわなくてもわかっている。しかし、まだ十一時だ。時間はある」男の声は急に陽気になった。「こっちはちっともいそがないんだぜ。月曜日まで待ったっていいんだ」わざとらしく笑った。笑い声も黝《くろ》かった。「その間、子供を充分可愛がってやるからな」

「子供を返して。子供を返して」暢子は泣きじゃくりながらそうくり返した。自我が崩壊しそうになっていた。

「よしよし。泣きなさんな。泣きなさんな」嬲《なぶ》るような口調で男がいった。「おれは子供の扱いかたはうまいんだ。心配するな」笑っていた。

男のサディスティックな眼つきが暢子には想像できた。

「また電話する」と、男がいった。

「あっ。ちょっと待って」しがみつくように暢子は両手で受話器を握りしめた。男と話し続けていなければいけないような気がした。「待ってください」

「なんだね」男は落ちつきはらっていた。

「あの、あの」言うべきことが、暢子には思いつかなかった。「あの、そこはあの、どこですか」

「馬鹿」がしゃ、と、男が電話を切った。

受話器を架台へ置くなり、ふらりとした。今、貧血を起したりしてはいけない、と、暢子は思った。そんなこと、している暇はないんだわ。考えなければ。どうしたらいいかを考えなければ。

うずくまるような姿勢で彼女はソファに腰をおろした。警察へ電話をしなくていいのだろうか。彼女はそう思い、章ならどうするだろうと考えた。とにかくあの人に相談しなくては。とにかくあの人に。ああ。なぜ早く帰ってこないの。何してるの。茂が見つからないのなら、すぐ戻ってくればいいのに。どこまで捜しに行ったのかしら。ああ。あなた。早く戻って。早く戻って。

「早く戻って。早く戻って」いつの間にか大声でそうくり返している自分に気がつき、暢子はどきりとした。わたし、気が違うのかしら。このまま、少しずつ狂いはじめるのかしら。

のろのろと、暢子は部屋の中を見まわした。大きな部屋。落ちついた建材。凝《こ》った内装。高価な家具。あの人の家とわたしの実家がお金持ちだったからいけないんだわ。だからこんな分不相応な家を建ててしまったのよ。だから憎まれて、嫉《ねた》まれて、それで茂を誘拐されてしまったのよ。

実家のことを思い出し、暢子は両手を膝の上で握りしめた。駄目。電話しちゃ駄目。いくら淋《さび》しくても耐えなきゃいけないんだわ。電話で父や母に泣きつくことはできないんだわ。親戚に電話するなって、犯人が言ってたじゃないの。電話したりしたら、父と母が驚いてとんでくるわ。そしたらたちまち犯人にわかってしまう。そして犯人は茂を。

「茂」声に出してそうつぶやき、暢子ははじめて本格的に泣いた。夢だったらいいのに、彼女は切実にそう思った。ぱっと眼が醒《さ》めてほしい、彼女は切実にそう願った。家の中はしんとしていた。家の近所もしんとしていた。ちょっと泣きやんで耳をすましたが、章が帰ってきたような気配はなかった。暢子はまた改めて泣こうとし、すぐにはっとして眼を見ひらいた。実家に電話しちゃいけないのなら、いったいどうやって三百万円もの大金を用意できるのだろう。犯人にわからないようにこっそり電話したところで、そんなにたくさんの現金、実家にだってないに決っている。ではあの人の両親の家には。

駄目。とても電話なんかできないわ。暢子は一瞬身をふるわせ、かぶりを振った。茂を舐《な》めるように可愛がっていた章の父と、暢子には意地の悪い章の母が、憎悪に燃えて自分を睨《にら》みつけるその恐ろしい顔が想像できた。

「暢子さん。これはあんたの責任だ」

「まあ気楽なひと。子供をひとり外へ出して、あなたはいったい何をしてらしたの」

駄目よ。駄目よ。どこへも電話しては駄目。そう。どこへも電話するなって、犯人が言っていたじゃないの。だいいちあの人の両親なんて、三百万円もの大金、とても用意できそうにないわ。いつだって、お金がない、お金がないって口癖のように。

暢子はまた室内を見まわした。この家を建てたお金が千二百万円。あのお金が今あったら。ああ。あのお金が今あったら、少くともお金の心配だけはしなくてすんだのに。でもおかしいわ。それならこの家を建てる時、どうしてあんなにお金があったのかしら。わたしの実家からは五百万円もらっただけなのに。あと七百万円のお金、あの人いったい、どうやって、どこから工面してきたのかしら。貯金はそんなになかった筈だし。

暢子はふらふらと立ちあがり、章の机の抽出《ひきだ》しから預金通帳を出した。ほうら。あの頃やっぱり百五十万円しか預金していなかったんだわ。あとの五百五十万円はどうしたのかしら。あの人はお父さんから貰《もら》ったなんて言ってたけど、よく考えたらあの人のお父さんはサラリーマンだし、商売をやってるわたしの実家と違って、そんなにお金を持ってるわけないんだわ。じゃ、会社から借りたのかしら。わたしの実家がたくさんお金を出したものだから、わたしが威張るといけないと思って、会社から借りておきながら、お父さんから貰ったなんて言ったのかしら。それにしても、あの人の会社がそんなにたくさんのお金を貸してくれるかしら。

たしかにあの人のお給料は、平均よりずっといいわ。暢子はそう思いながら応接間を出て寝室に入り、三面鏡の前に腰かけ、丹念に化粧をはじめた。彼女は鼻歌をうたっていた。そりゃそうよ。だってあの人、秀才だもの。総務部一のエリート社員だもの。ただのサラリーマンとはわけが違うわ。それにあの人の会社は一流企業だし、それくらいのお金、貸してくれて当然なんだわ。あたしって本当にしあわせ。大きいモダンな家。エリート社員で家庭的な夫。健康で可愛らしくて頭のいい茂。

「茂」暢子は悲鳴をあげて勢いよく立ちあがった。膝が鏡台にぶつかり、ファンデーションとオキソトーナーとアイライナーが床にころがり落ちた。「茂。どこにいるの。茂」

暢子はいそいで寝室を出ようとした。なぜかさっきからちっとも姿を見せない茂を外へ捜しに出かけるつもりだった。だが彼女は寝室から廊下へ出るなり、玄関の方からやってきた誰かと激しくぶつかった。

「あっ。あなた」瞬間、夫が戻ってきたのだとばかり思って暢子はそう叫んだ。しかしそれは章ではなかった。

「や。家に居やがったのか畜生。今日はこのあたりの家はみんな留守と聞いたのに」腹立たしげにそう叫んだ色黒の若い男が、あわてきった仕草でセーターをまくりあげ、ズボンの中へさしこんでいた短刀を引っこ抜いて暢子に突きつけた。「声を立てるな。声を立てるとこいつであんたの顔にたくさん赤い筋をつける。死ぬまで消えない筋だ。もうわかっただろうがおれは泥棒で、本当はこそ泥なんだが、狙った家に人がいた場合はいつでも強盗に早変りすることにしている泥棒で、前科は四犯、人間もひとり殺している から、とにかく金を出せ。ほんとはこういうでかい家へ空巣《あきす》に入ると金のあり場所を捜すのに手間がかかるから、おれはなるべくアパート専門に入っているんだが、今日は町で偶然出会った仲間のひとりから、この辺の家がみんな遊びに出かけて留守と聞いたもので、ゆっくり仕事するつもりでやってきたんだ。留守番がいたとは知らなかった。ばったり出会ったのでしかたがないから今はまあこうやって脅《おど》しているが、騒ぎさえしなければ殺しもしない怪我《けが》もさせない、あんたの貞操も保証する。ほしいのは金だけだ」

泥棒がまくし立てている間に、暢子はゆっくりと廊下に尻《しり》を落し、正座した。「ではあなたは、ただの泥棒だったのですね」暢子はうなずいた。「お金がいるのですね」すすり泣いた。「そのお金が、ないんです。今日中に三百万円いるんですけど」首を傾《かし》げた。「おかしいわ。なぜ三百万円もいるのか、今ちょっと思い出せないんだけど」

「ふん。金持ちってものは、とかくそういうものなんだ」泥棒がにくにくしげにいった。「現金はあまりあてにしていない。洗いざらい持って遊びに出ているだろうと思ってな。だから宝石類を狙ってやってきた。宝石から足がつくおそれはまったくないんだ。おれ、いい故買屋を知っていてね。しかし留守番がいる限り、現金だって少しはあるだろう」

「三百万円なんて、とてもありません」暢子はかぶりを振って泣きじゃくった。金のないことが、なぜか無性に悲しく、腹立たしかった。「そんなお金、とても」

「いいかね。あんた」泥棒がしゃがみこんで暢子の顔をのぞいた。「三百万円ってのは、さっきあんたが口にした金額だ。おれは別にそんな大金を寄越せなんて言っちゃいない。わかるかね。あるだけの金でいいんだ。それと宝石類だ。こんないい家に住んでるくらいだ。宝石、貴金属類もたくさんあるだろう」

「あああああああ」暢子はだしぬけに両手を天井に差しのべ、髪振り乱して嘆き悲しんだ。「わたし、しあわせだと思っていたのに。こんなに大きいモダンな家。エリート社員で家庭的な夫。可愛くて頭のいい息子。みんなみんな恨めしいわ。今となってはこのしあわせが恨めしい」

泥棒は一瞬ぎくとして床にうしろ手をついてから、尻を据《す》え暢子と向かいあって正座した。「泥棒に入られたぐらいでそんなに嘆き悲しむことはないだろう。一度や二度泥棒に入られたからって、しあわせが全部まとめてぶち壊れるわけでもないだろうに。なぜしあわせがそんなに恨めしいんだ」

暢子はじっと泥棒の顔を見つめた。「なぜだか、とっても悲しいの」

泥棒はつくづくと暢子の顔を眺めていたが、やがてほっと溜息《ためいき》をつき、彼女を凝視し続けながらいった。「おれ、あんたみたいな美人、初めて見たなあ」

暢子は頰を引き攣《つ》らせ、あわてて立ちあがった。「何ですって」

泥棒もあわてて立ちあがり、弁解した。「いや。心配しなくていい。な、な、何もしないから。何もしないから」

泥棒が肩にかけようとした手を、暢子はひいっと咽喉の奥を鳴らして払いのけた。「何するんですか。やめて。やめてください」声うわずらせてあと退り、彼女は寝室へ入った。

泥棒も入ってきた。「なんだよう。おれは心外だ。なぜそんなに警戒するんだよう。そんな妙な声出したら、ほんとに何かしたくなっちゃうじゃないか」と彼は部屋を見まわし、ぎょっとして立ちすくんだ。「あ。こ、ここは寝室」

その声ではじめて自分が寝室へ追いつめられたことを知り、暢子は悲鳴をあげ、さらに部屋の奥へあと退ろうとし、ベッドに足をとられ、掛布団の上へ仰向きに引っくり返った。スカートがまくれあがり、彼女の白い太腿《ふともも》は泥棒の眼を射た。

「やめろ。おれを誘惑する気か」眼前の妖気《ようき》を払いのけようとするかのように、泥棒ははげしく両手で宙を引っ掻いた。しかし彼は自分の視線を、寝室のほのかな明るみに浮かびあがっている暢子の太腿から引っぺがすことができなかった。「お、おれは仕事熱心な泥棒だ」一歩進んだ。「そ、そんなことはしたくない。そんなことはしたくない」

暢子はいそいで立ちあがろうとし、同時に、スカートの乱れた裾《すそ》をもとへ戻そうとしたが、一度に両方をやろうとしたためベッドから床へ俯伏せに転落した。スカートが完全にまくれあがって尻が剝《む》き出しになり、純白のパンティが丸見えになった。

「あは」泥棒は眼を見開き、胸を掻きむしった。「やめてくれ」一歩前進した。「やめてくれ、おれは女房を愛している。今まで一度も浮気をしたことはないのだ」さらに一歩前進した。

立ちあがった暢子の鼻さきに、眼を充血させて激しく息をはずませている泥棒の顔があった。

「あ。やめて」と暢子は叫び、ほんの一瞬貧血を起してふらりとし、色黒で若い泥棒の頑丈な部厚い胸の中へ倒れこんだ。

「あい子。あい子。許してくれ」泥棒は妻の名を連呼しながら暢子の華奢《きやしや》なからだを力いっぱい抱きすくめた。

作者が二十八行削除した時、泥棒はすでに自分のズボンをはき終っていた。

「すまなかったな」と、彼はいった。「こんなことになるなんて、夢にも思っていなかった。もちろんあんただってそうだろうがね。責任をとる、といいたいところだが、おれはもともと泥棒だから責任をとれる立場にはないわけで、これはどうにもならん。せめて金品を奪うのをやめることで誠意を示しておきたい。だけどあんたも少しはおれを誘惑したわけであって、今のことに関してはお互い様ということになると思う」

のろのろとパンティをはいている暢子を横眼で見ながら、泥棒は寝室内を歩きまわった。

「これはほんとに運命のいたずらで、そして偶然のなせる業《わざ》だ。だってあんたは途中で旦那の名を叫んだし、おれも妻の名を呼んだ。そのことであんたとおれの精神的純潔は証明できる。そうだろ。ははははは」泥棒は、なぜか一瞬照れて頭を掻いた。「おれの喋りかた、ちょっと変だろ。よくひとからもそう言われるんだ。お前のものの言いかたはまわりくどくってわかりにくいってね。何、おれは自慢するわけじゃないが、大学の文学部出てるんだ。友達に文学青年が多かったもんで、それでこんなインテリ臭い単語を好んで使うんだ。もっとも最近は大学出てることが必ずしもインテリってことにはならないし、その証拠におれなんか泥棒やってるもんね。しかしね、おれはつくづく思うんだが、誰でも彼でも大学に入《い》れるという今の傾向はよくないね。大学出といっても実質的にはピンからキリまであるんだが、キリの方から見りゃあピンと自分との実質的な差はわからず、エリートであるピンの社会的成功をわが身の不遇と比べてはまことに不公平であると思って羨《うらや》むわけだな。ピンがマイホームを建てたからというんで自分もマイホームを建てようと不自然な努力をして失敗し、ますます世を拗《す》ねる。いや何これは実をいうとおれのことなんだ。ピンというのはたとえばあんたの旦那みたいに若くしてこんなでかい家を建てた人のことをいうんだ。あんたの旦那を見たことはないが、きっと大学出だろ。もちろん若いんだろ。そしてエリート社員か何かだろう。そうだろうともさ。おれは今になってそういう連中と自分の差にやっと気がついたんだが、たとえおれがそれに気がついても、たとえば大学出ということに過剰な期待をかけておれと結婚したおれのデブの女房なんてものにはそんなことはわからないわけで、エリートの家庭を見てそれが世間並みの暮しだと思いこみ、おれの甲斐性なさにいらいらしておれに能力以上の収入を求める。大学出のキリがエリート並みの収入を得て分不相応なマイホームを建ててそれを維持していこうとすれば何をすればよいかということこれはもう悪事をするより他に方法がないわけで、だからこうやって泥棒をしているわけだが、泥棒に入るのにこの家を選んだのは別にあんたの旦那の身分やこの家庭のいい暮しを嫉《ねた》んだり羨んだりしたからじゃない。あんたの旦那はおそらくピンの方の大学をピンの成績で卒業したんじゃないかと思うよ。たとえそうでなくても、あんたの旦那の才覚でもって正当に金を儲《もう》けてこんな立派な家を建てたんだろうから、それを嫉んだり羨んだりするのが間違いだってことは、おれにはよくわかっている。おれだって大学を出て以来八年、何度も仕事をしくじったり勤め先を馘首《くび》になったりしてそれなりに苦労してきたんだものな。最初は僻《ひが》んでいたが、今じゃそれくらいはわかる年齢になったんだ。もっともおれの年齢になってもまだいろんなことを知らない馬鹿はいるがね」泥棒はひとりうなずきながら暢子に訊ねた。「煙草あるかい」

「応接室にあるわ」暢子は先に立って泥棒を応接室に入れた。

彼女は今、まとまったことを何ひとつ考えられない状態にあり、ぼんやりとさっきの泥棒との行為を反芻《はんすう》し、夫の章とのそれと比較していた。

「なんだか、とてもむずかしい問題があるのよ」泥棒がくわえた煙草に卓上ライターで火をつけてやりながら、暢子はいった。「あった筈なのよ。あなたがいるから思い出せないんだわ。早く帰ってよ」

「うん。あまりながく邪魔しても悪いな」泥棒は腕時計を見た。「そろそろ失礼するか」

いったんソファに落ちついた泥棒が、くわえ煙草のまま立ちあがった時、ドア・チャイムが鳴った。

「ん。誰だ。誰だ。誰だ」泥棒は急にあわてふためき、あたりをうろうろと歩きまわった。

「短刀がない。おれの短刀をどこへやった」

「寝室でしょ」

泥棒は寝室に置き忘れた短刀をとってあたふたと戻ってくると、尖端《せんたん》を暢子の腰に突きつけた。「たとえ誰であっても絶対に中へ入れちゃいかん。帰ってもらうんだ。いいな」

泥棒に背後から尻の割れめあたりへ短刀の切っ先を突きつけられたまま、暢子は玄関の方へ歩き出した。「でも、主人かもしれないわ」

「旦那がどうしてドア・チャイムなんか鳴らすんだ」

「鍵《かぎ》を持たずに出たの」

「おれは玄関のドアの鍵をこじあけたが、中からロックした憶《おぼ》えはないぞ」

「玄関のドアは、閉まると勝手に鍵がかかるのよ」暢子は三和土《たたき》へおり、ドアの手前で、ぴったりと自分の背中にへばりついている泥棒を振り返った。「もし主人ならどうするの」

「その場合はしかたがないな。中へ入れろ」泥棒が身構えた。

暢子が把手《とって》をまわした途端、外側から強い力でぐいとドアが押され、歓声をあげて三人の女が否応《いやおう》なしに三和土へ雪崩《なだ》れこんできた。

「こんにちわあ。まああ。すばらしいお宅じゃないの」

「立派だわあ」

「うわあ。暢子、ずいぶん痩《や》せたわねえ」

玄関ホールのあちこちを好奇に満ちた視線で無遠慮に眺めまわしながら、三人の若い女は口ぐちに暢子へ話しかけた。

「ご免なさいね。遅かったでしょう。由香がいけないのよ。待ちあわせた喫茶店へ二十分も遅れてやってくるんだもの」

「ああら。だから説明したでしょ。主人が離してくれないのよう」

「ほうらね。これなんだから」

茫然《ぼうぜん》として立ちすくんでいる暢子にはおかまいなく、三人は野鳥の群れの如くけたたましく笑った。

「ううん。そうじゃないのよ。せっかくの週末なのに亭主を抛《ほ》っといてどこへ行くんだって、大変なおかんむりでさあ。あらっ」由香と呼ばれた和服の女が暢子の背後で凝固している泥棒に気がつき、あわてて一礼しながら急にしとやかな声を出した。「まあ。ご主人ですか。初めまして。わたくし木谷でございます。奥さまとは短大時代にテニス部でずっとご一緒させていただきましたの」

「あっ。あのう、わたくし三宅とも子と申します」色の黒さを胡麻化《ごまか》すため白塗りに近い化粧をした、やはり和服の女がしゃしゃり出て、がらがら声を出した。「ご主人さまのことはいつも電話でおノブから、いえ、暢子さんから」

「いえあの。は。そうですか」泥棒は短刀を背にまわし、ズボンのベルトへはさみこもうとしながらぺこぺこ頭を下げた。「こちらこそよろしく。はい。わたしもあなたがたのことはその、いつもこのひとから。いえあの、奥さんから。いえ、妻からその」

「住之江淑《よし》でございます」やたらに背の高い地味なツーピースの女が、じっと泥棒を見つめて言葉少なにそう挨拶《あいさつ》した。

「まあ。広いのねえ。わたしの家とは大変な違いだわ」勝手にあがりこんで廊下に立ちはだかり、あたりを見まわしながら由香が大声を出した。「うちはマンションなのよ」

「お、おい。何ぼんやりしてるんだ。早く応接室へお通しせんか」突っ立ったままの暢子を、おろおろ声で泥棒が叱《しか》りつけた。「さあさあ。どうぞおあがりください。汚いところですが。さあどうぞ」

「あがって頂戴《ちょうだい》」暢子はやっとそう言ってうなずき、無表情なままで三人の同窓生を応接室へ案内した。「こちらへどうぞ」

「愛想のいい、やさしそうなご主人じゃないの」廊下を歩きながら、とも子が暢子の尻を小突いた。「あなた、お尻に敷いているんでしょう」

応接室に入った三人の女がひとしきり誇大な表現と声色で家具調度を褒《ほ》めちぎり、それぞれソファに腰を落ちつけた時、泥棒がいらいらしながら暢子に命じた。「おい。お前。どうかしてるぞ今日は。お客様にお茶を出さんか。お茶を」

「あ。そうね」

機械的に立ちあがろうとした瞬間、暢子は突然、何もかもが面倒臭くなってしまった。わたしはいったい何をしているのだろう。おいお前。早くお茶。早く掃除しろ。おいお茶。お客様。お客様。そんなことが何になるんだろう。世間とのおつきあいに過ぎないんだわ。世間とのおつきあいって、いったい何。何のために今まで、そんなことをしてきたのかしら。そんなものが家庭の平和や幸福を維持してくれるなんて幻想だわ。家庭の平和や幸福なんてそんなものとは何の関係もなく、崩れる時には勝手に崩れてしまうものなのに。いつもいつも世間とのおつきあいのために主人から命令され、こき使われて。それがいったいわたしにとって何になったというの。しかもこの男は何。この男はわたしの主人ですらないじゃないの。なんのためにこんな男にまで命令されなきゃならないの。そうだわ。よく考えてみればこの男、ただの泥棒だったんだわ。わたしと肉体関係を結んだという点が他の泥棒とちょっと違うだけで、本質的には単にひとりの泥棒よ。その泥棒までがどうしてわたしに命令するの。

「おい。どうかしたのか」考えこんでしまっていつまでたっても台所へ行こうとしない暢子に不安そうな眼を向けて、泥棒が訊《たず》ねた。「なぜ行かない」

三人の女も、不審の眼で暢子の様子を観察した。

「わたし、行かないわ」暢子は投げやりにそう答え、ソファに身を沈めた。「あんた、行ってきてよ」

女たちが驚きの眼で暢子と泥棒を見くらべた。

「な、何いってるんだ」泥棒が暢子の突然の開きなおりに驚き、どぎまぎした。

暢子は泥棒を一瞥《いちべつ》した。「あなた、わたしがひとりで台所へ行ってもいいの」

「む」泥棒はすぐ、暢子を彼の眼の届かない台所へ行かせる危険性に思いあたって、彼女を睨《にら》みつけた。この女は勝手口から抜け出て交番へ駈《か》けつけるかもしれない、彼はそう考えた。だからといって、彼がひとりで台所へ行き、茶の用意をしたりなどするのはもっと危険である。せっかく三人の女から、この家の主人だと思われているのに、この女は彼の正体を彼女たちに話してしまうかもしれないのだ。

「そうだね。では。ではつまりその」泥棒はしらけた場を取り繕《つくろ》おうとして部屋中に視線を走らせた。「では、お茶はやめましょう」洋酒のキャビネットに眼をとめ、彼は躍りあがった。「酒だ。酒があった。酒を飲みましょう」

「まあ。こんなお昼間から、お酒を」泥棒のあわてかたをじっと見つめながら、淑がいった。

「いいじゃないの」なぜかぶっきら棒で不機嫌な暢子の態度に困り果てている泥棒の様子にいささか同情したらしく、由香がいった。「欧米式の接待法だわ。そういえばご主人、外国旅行をまだなさってないんですってね。わたしの主人は去年会社の用事でアメリカとヨーロッパをまわって参りましたのよ」

「外国旅行なんかしたって、なんにもならないわよ」と暢子がいった。「何の役にも立たないわ」

気を悪くして黙りこんだ由香に、とも子が耳打ちした。「悪いところへ来てしまったらしいわね」

「夫婦喧嘩《げんか》でもしたんでしょ」と、由香がややきこえよがしにささやき返した。

「さあさあ皆さん。何になさいますか」キャビネットから出した各種のグラスを見さかいなしにテーブルへ並べながら、泥棒が訊ねた。「ブランデーがありますよ」

「ブランデーをいただくわ」由香が無邪気を装っていった。「だって氷も水もないんだもの、ブランデーしかいただけないわ」

「あら。氷と水ぐらいなら、わたしがとってきてあげるわよ」とも子が気さくに立ちあがった。

「すみませんねえ」ほっとした口調で、泥棒はとも子に感謝の眼を向けた。

とも子が出ていくと、淑がたしなめるように由香にいった。「あなたったら、結婚してもあい変らずね、ずけずけとものを言って」

「あら。そうかしら」由香は心外そうな顔をした。

そう。あなたはいつもそうなのよ。由香の間のびした顔をぼんやり眺めながら暢子は思った。自分のことや自分の家庭のことを自慢したいために、やたらにひとにけちをつけて、しかも自分ではそれをさほどとも思っていないのよ。つまり馬鹿なのよ。京都生まれの女は客の前へ出すなっていうのは本当ね。何を言い出すかわからないもの。あなたはきっと、よそのご主人の仕事にまで、ご当人を前にして、無邪気さを装いながらけちをつけたりもしている筈だわ。あなたはきっと、ご主人の出世の大きな妨げになるでしょう。でもね、いくら人を馬鹿にしようと試みたところで、あなたは安心してしまうことはできないのよ。今に思い知るわ。人を馬鹿にしたって、まったく、何にもならないんだから。

「さあ。ブランデーをどうぞ」泥棒が由香のグラスにだぼだぼとブランデーを注ぎ込んだ。

グラスの半分を越す量のブランデーに眼を丸くし、由香がまた何か言いかけたが、今度は暢子に皮肉な眼を向けただけで黙っていた。

「いやあ皆さん、まったくお美しい」自分のグラスにもウイスキーを注ぎ、それをひと口すってソファに腰をおろした泥棒が、座をとりもとうとしてお愛想をいった。「お綺麗《きれい》ですなあ」

「そんなことおっしゃると、暢子さんに叱られますわよ」

その淑のことばで、不意に暢子が固い声を出した。「こんなひととは、何でもないの」

「まあっ。なんでもないんですって」由香がわざとらしく頓狂《とんきょう》な声を出した。「そんなに仲がお悪いの」

「いいえ。仲が悪いなんて、そんなことはちっともありません」泥棒が大いそぎで否定した。「現に今だって、あなたがたがいらっしゃるちょっと前まで、その」

「やめて」さすがに暢子が顔を伏せた。

「や。これはどうも。とんでもないことを言っちまったな。あはははは。は」泥棒は照れてグラスを乾した。

しばらくあきれていた由香が、ほっと溜息を混《まじ》えていった。「どうもご馳走《ちそう》さま。やっぱりわたしたち、悪いところへ来たらしいわね」うなずいた。「それで玄関へ出てくるのが遅かったのね」暢子の顔をのぞきこんだ。「おノブのご機嫌が悪いのは、そのためなのね」

「いや。いやいやいや。それは違います」泥棒は立ちあがり、あわただしく室内を歩きまわりながらいった。「そうではありません。違いますとも。あなたたちが来た時には、すでにもう終っていて。その。ははははは。は。ま、どうでもいいでしょう。ところであなたは何にします。ウイスキーですか。ベルモットもありますよ」

「まったくここのお宅ったら、独身者のくるところじゃないわね」淑は顔をまっ赤にしてそう言ってから、泥棒の顔をそっと見あげて答えた。「チンザノをいただきますわ」

「へいへい」泥棒はキャビネットのグラス類を派手にがちゃつかせてチンザノの瓶《びん》をとってくると、淑の前へ置いたワイン・グラスにまたしてもどぼどぼと赤黒い液体を大量に注ぎ込んだ。「そうですか。あなたはまだ独身ですか。その方がよろしい。ええ。その方がいいです。独身時代にこうやって結婚している人間の家庭をできるだけたくさん見てまわることは、いい勉強になりますよ。結婚に失敗する率がぐっと少くなりますからね」

「はい。氷とお水」とも子がアイス・ペールと水差しを持って入ってきた。「立派なお台所ねえ。由香もお淑もちょっと見せて頂いたらいいわ。流し台がとても広くて、便利で」

「わたし、お台所にはあまり興味がないの」嘲笑《ちようしよう》のようなものを頬に浮かべて由香がいった。「通いのお手伝いさんにまかせてあるから」

「あなたも、もうご結婚なさったのですか」泥棒がとも子に訊ねた。

「いいえ。売れ残ってます」とも子が世馴《よな》れた様子で笑った。「男性って、こんないい女をなぜ抛《ほ》っとくのかしら」

「まったくですな」がぶり、と泥棒はまたウイスキーを飲み乾した。「あなた、何を飲みます」

「わたし、ウイスキーをいただくわ」とも子がはしゃぎながら全員のグラスに氷を投げ込みはじめた。「さあ。どんどん飲みましょうよ。あら。由香はなぜ飲まないの。暢子さんもウイスキー飲むでしょ」

「ええ」暢子は急に決然として頷《うなず》き、不安そうな表情の泥棒をじろりと横眼で睨んだ。

「飲んじゃう。みんなも飲んで。今日は週末なのよ」

「そうね。では乾杯」

　女たちが飲みはじめた。

　琥珀《こはく》色の液体のウイスキー・グラスに半分以上をひと息で飲み乾した暢子は、全身から力を抜き、熱いものが胃を中心にじわじわとからだ中へ拡がっていく快い気分を動物的に味わった。緊張がほぐれ、急に気が楽になり、そのはずみで笑い出したいほどの昂《こう》揚《よう》した気持になってきた。動物的な快感のみに身を委《ゆだ》ねてさえいれば、いったい何を気にし、思い煩《わずら》うことがあろうか。わたしは馬鹿だったわ。今まで何をあくせくしていたのだろう。流行や評判に気を遣い、友人やご近所に気を遣い、親戚や主人に気を遣って、そんなこと、もうやめたっと。

「迷子の迷子の子猫《こねこ》ちゃん」暢子は大声で歌い出した。

「まあ。もう酔ったの」三人の女がけたたましく笑った。

「おいおい。大丈夫かよう」泥棒はいても立ってもいられぬ様子で、暢子に心配顔を向けた。「あんまり飲むなよ」

「そういえば、坊ちゃんがいらっしゃるんだったわね」暢子の歌った童謡でやっと気がついたらしく、淑がいった。「お友達のおうちにでも遊びに行ってらっしゃるの」

　そう。たしかにわたしには子供がひとりいた。暢子はウイスキーをがぶりと飲んでちょっと考えた。だいぶ以前にわたしの産道を通過したあの赤ん坊はどうしたのか。名はなんていったかしら。思い出せないわ。でも思い出すと不愉快になるから忘れましょう。

大声を出せば忘れることができる筈よ。

けんめいの努力の末、暢子はまた大声をはりあげた。「はいはいわたしはイヌのおまわりさんです。はいはいわたしはイヌのおまわりさんです。学校は今、火事です。先生は死にました」

「ええと。あのう」肘掛椅子《ひじかけ》のひとつに腰をおろしていた泥棒は、うろたえてあわただしく立ちあがり、暢子にいった。「おいっ。何かおつまみがいるんじゃないかね。そうだ。おつまみがいるよ。ね。お前」

暢子は反抗的にいった。「わたしはお前という名ではございません」

暢子が女友達からなんと呼ばれていたかを思い出そうとしながら泥棒はあたりをちょっとうろうろし、それから暢子の手をとって引っぱった。「ま。いいじゃないか。何かおつまみを取りに行こうよ。一緒に。台所へ。え。おい。お前。ちょっとこいよ」

「うるさいわねえ」暢子はしぶしぶ立ちあがり、泥棒と一緒に応接室を出た。

「ね。ね。ね。きっと大喧嘩したあとなのよ。ね。そうでしょう」二人が出て行くなり、由香がそういった。「きっと、あれがうまくいかなかったもんだから、暢子がつんつんして、ご主人がおどおどしてるのよ。ね」

「そうね。それもきっと、朝早くから続いてる喧嘩よ」とも子もいった。「そのために暢子は、わたしたちが今日遊びにくるってことを完全に忘れてしまったんだと思うわ。だって、ご主人ったら、わたしたちがやってくることを暢子から、ぜんぜん聞かされてなかったみたいじゃないの」

「何も用意してないものね」と、由香が調子を合わせた。

淑もうなずいた。「そうね。それにわたし、あれはご主人じゃないと思うわ」

「え」とも子は淑のいった意味がわからず、茫然《ぼうぜん》とした。

「まあ」すぐにぴんときた由香が、からだをしゃちょこ張らせて淑を見つめた。「そういえば、でもねえ。まさか」半信半疑で、由香はゆっくりとかぶりを振った。

「暢子は忘れてるみたいだけど、わたしは以前暢子と外で会って、その時ご主人の写真見せてもらったことがあるのよ」淑はうなずいて見せた。「今の人じゃなかったわ。ぜんぜん違うタイプの人だったわ」

「じゃあ、あれは誰なのよ」とも子は眼を丸くした。

「浮気の相手よ」淑はさらりと、そういってのけた。「そうでなければ、あの男のことを旦那だといって胡麻化したりする必要はないわけだし、あのふたり、わたしたちがやってくる直前まで何かやってたに決ってるんだもの」

「ま、鋭いのね」と、由香がいった。「結婚もしてないくせに、あなた、よくそんなことがわかるのね。あなたきっと、経験してるんでしょう」

「今はそんなこと、どうでもいいじゃないの」淑はじろりと由香を睨みつけて、ぴしりとそう言った。「とにかく、おノブがわたしたちの来ることを忘れてたのは今朝からじゃなくて、おそらく二、三日前からなの。でなかったら、旦那と子供の留守中に男を家へ引っぱりこもうなんてスケジュールは立てなかった筈よ」

「ご主人と子供は、どこへ追い出したの」淑に訊ねればなんでもわかると思いこんでいるような口調で、とも子が眼を丸くしたままそう訊ねた。

「旦那の両親の家よ」淑は断定的に答えた。「おノブは旦那の両親と仲が悪いの。お爺《じい》ちゃんお婆《ばあ》ちゃんに孫の顔を見せに行くのは、いつも旦那の役なのよ」

「名探偵の推理ね」由香が厭味《いやみ》を含めてそういった。しかし彼女も淑の論理的な推理には反対のしようがなく、とも子と顔を見あわせて、しばらく茫然とした。

「でも、おかしいわ」とも子が考えながら喋りはじめた。「もしそうなら、おノブはわたしたちに、あの男の人が浮気の相手だということを隠そうとして、一生けんめい胡麻化そうとする筈でしょう。それなのに何よ。あの投げやりな態度は。あれじゃわたしたちにあやしまれてあたり前よ。事実、おノブの様子が変だったからこそ、わたしたち疑って、こうして推理しはじめたわけでしょ」

「いわゆる、うろがきてるのよ」と、淑がいった。

由香がわざとらしく笑った。「それはおかしいわよ。だって、うろがくるというのは、うろたえてうろうろすることでしょ。だけどおノブは、のんびり落ちついてしまってるじゃないの」

「のんびり落ちついてしまって、何もかも投げやりになってしまうという、うろのきかたもあるの」淑はまた、憐《あわ》れむような眼で由香を見た。「心理学ではゲシュタルト崩壊っていうそうだけど、一時的な精神異常よ」

「あっ。そういえば」とも子がひょいと身を浮かした。「おノブのあんな様子、わたし前にも見たことがあるわ。あれもやっぱり一時的な精神異常だったのね。学校時代にあの子、社会学概論の試験がある日、間違えて経済学概論の勉強ばかりしてきたのよ。おノブって、ほら、わりと気が小さくて生真面目《きまじめ》じゃないの。それだけに、その反動ですっかりうろがきてしまって、ちょうどあんな具合に何もかも投げやりになってしまったの」

「へえ」由香が、ちょっと見なおしたという表情でとも子をじろじろ見た。「そんなことを、あなたよく憶えてたわね」

「そりゃ憶えてるわよ」とも子が少し憤然とした。「だってわたし、殺されかけたんだもの」

「えっ」淑が顔をあげた。「そんな事件があったの。ちっとも知らなかったわ」

「わたしとおノブだけの秘密よ。社会学概論の試験が終ってから、わたしプール・サイドへ行ったの。そしたら、答案を白紙のままで出したおノブがぼんやりしてたの。気の毒になって傍へ寄っていって話しかけようとしたら、おノブがだしぬけにわたしをプールへ突き落したの。わたし泳げないでしょ。もう少しで溺《おぼ》れるところだったのよ。前期の中間試験だったからよかったけど。あれがもし冬ならプールには水が入っていないから、わたしプールの底で頭を打って死んでたところよ」

「まあひどい」由香が胸に手をあてた。「それでどうしたの」

「おノブがわたしを助けあげてくれたわ」とも子は話し続けた。「わたしを突き落してすぐ正気に戻ったのね。急に話しかけられて驚いたからとかなんとか言いわけして、あやまったわ。プールのあたりには誰もいなかったから、わたし他の人には自分でうっかりしてプールへ落っこちたように言っといたけど」

「いやあねえ」由香が腰を浮かした。「わたし、殺されたくないわ。一時的な精神異常でもって飲みものか食べものに毒でも入れられたら大変よ。早く帰りましょう」

「帰ってどうするのよ」淑が声を大きくした。「わたしたち、おノブの親友でしょ。そうじゃなかった。ここでわたしたちが帰ってしまったら、おノブはわたしたちを騙《だま》せなかったと思って、自分の浮気がご主人に知られることをおそれるあまり、きっとノイローゼになっちまうわ。それより最後まで騙されたふりをして、おノブを安心させてやりましょうよ。わたしたちには学校時代からいろいろな、わたしたちだけの秘密があったわね。これからもずっと、仲間うちでの秘密はみんなで守るようにしましょ。わたしやとも子だって、結婚してから浮気をすることになるかもしれないんだし」

由香が聞き咎《とが》め、突っかかるようにいった。「あら。わたしは結婚してるけど、浮気なんかしていないわよ」

淑は、にやりと笑って由香に向きなおった。「由香。あなた、わたしが気づかないとでも思ってたの」

「おれが気づかないとでも思ってたのか」台所では泥棒が、ぼそぼそした声で暢子を脅《おど》し続けていた。「おれを台所に追いやっておいて、お前はあの三人に、おれの正体をばらすつもりだったんだ」

暢子はつきまとう泥棒にうるさそうな眼をちらと向け、あわただしくオードブルや茶菓の用意をしながらいった。「あんたの正体って何よ。泥棒ってこと。あんたは泥棒じゃないじゃないの。何も盗んでいないし、何も盗まないってわたしに約束したんじゃなかったの。ああちょっと、そのお湯のかかってるガスの火をとめて頂戴」

「あ。そうか。うん。うん」ガス焜炉《こんろ》の火をとめた泥棒は、すぐまた暢子の傍に引き返してきて凄《すご》みはじめた。「おい。どういうつもりなんだ。その、偉そうな態度は。あの女どもの前でも、つんつんしやがって」急に懇願の口調になった。「なんだってあんなに投げやりな態度をとるんだよう。おれのことがあの女たちにばれたら、あんただって無疵《むきず》ではすまないだろうが」包丁を出し、声を低くした。「もし勘づかれた場合はしかたがない。これであんたをぶすりとやらなきゃならないんだからな」

暢子はサラミ・ソーセージを切りながら、泥棒をじろりと横目で見た。「何よ。包丁ならわたしだって持ってるのよ」眼がまっ赤に充血していた。

暢子の眼つきの凄さに、泥棒はふるえあがった。「おい。落ちつけよ。やめろ。それは気ちがいの眼だ。あんたは今、まともな判断力を失ってるみたいに見えるぞ。どうしたっていうんだ」

「うるさいわね。今のわたしにはあなたのことなんかどうだっていいの。おつまみの用意をすること以外に何も考えたくないんだから。今のうちに裏口からさっさと逃げ出したらどうなの」

「そうだな」泥棒はヴェランダのガラス越しに庭をちょっとうかがい、すぐにかぶりを振った。「駄目だだめだ。うまいことをいって、おれが逃げるなり警察へ電話するんだろう」

その時、応接室で電話が鳴った。

泥棒はとびあがった。「わ。電話だ」暢子にすり寄った。「出ろ。お前出ろ。早く出てこい」

「あんたが出りゃいいでしょ」暢子は溜息とともに言った。「いちいち騒がないでよ。わたしはおつまみの用意でいそがしいんだから。あんたが出て、適当に胡麻化《ごまか》せばいいじゃないの」

「おれが電話に出てる間に、お前、逃げ出して交番へ行くんだろ」

「早く電話に出ないと、応接室にいる誰かが受話器をとっちゃうわよ。主人からかもしれないわ。そしたらあんたの正体がばれるわよ」

「し、しかし、しかし」泥棒はうろたえて、おろおろと台所を歩きまわった。

暢子は耳を傾けた。「あら。誰かが電話に出たらしいわ」

泥棒は応接室の方へ、廊下をすっとんだ。

「はいはい。ご主人ですね。はいあの。ご主人でしたらあの、一応はおられます。今、かわりますから」電話に出たとも子が、首を傾げながら、あたふたと応接室へとびこんできた泥棒に受話器をさし出した。「ええと、あの、ご主人。ずいぶんおかしな男の人からですわ。とても乱暴なことば遣いで。間違い電話じゃないかしら」

「そうですか。きっとそうでしょう。そんな礼儀知らずな男とは、わたしはつきあいがありませんからね。ははは。はは」泥棒は愛想笑いをしながら、とも子から受話器を受けとった。「もしもし。かわりました。わたしが間違いなくこの家の主人であります」

「礼儀知らずな男とは誰のことだ」受話器の中で男の声が吠《ほ》えた。

「や。聞こえたか」

「聞こえたかはないだろう。あんなでかい声で言っておきながら」急に男の声が低くなり、それと同時に黝《くろ》い色を帯びた。「ところで、今の女は誰だ。奥さんじゃなかったようだが」

その横柄な口調に泥棒は少しむっとして言い返した。「おいおい。あんた、礼儀知らずといわれたって怒れないぜ。まず自分が誰かを言えよ。あんたの名前は」

「馬鹿。名が名乗れるか」男がわめいた。

「ああ、そうかい。名が名乗れないようなやつは、おれの知りあいにはいないよ」泥棒はそういって、とも子にうなずきかけた。「やっぱり間違い電話のようです。ははははは」

「間違いじゃないぞ」男の声がわめき散らした。「子供がどうなってもいいのか。まさかもう、警察に電話しやがったんじゃないだろうな」

「なな何。何だと。警察がどうしたと」泥棒は一瞬身をのけぞらせ、とり乱してそう叫んでから、女たちの手前をつくろい、へらへらと笑った。「はははは。いやいや。ここは警察じゃない。電話をかけなおしたらどうだ」

「おれは警察に電話してるんじゃない」

「じゃ、何処《どこ》へ電話してるんだ。とにかくここは警察じゃない」

「そんなことはわかっている」

「わかっているなら早くかけなおしたらどうだ」

「おれは、あんたの子供を預っている男だ」

「ああ、そうかい」泥棒は女たちにうなずいた。「託児所の男でした」

男の声が悲鳴を混えて叫んだ。「馬鹿。ここは託児所じゃない」

「じゃ、どこだ」

「ここはその。馬鹿。そんなことが言えるか」

「それを言わなきゃ、あんたがどういう人かわからない。したがっておれも話のしようがない。そんなことぐらいわからんか。このうすら馬鹿め。抜け作め。他人の家へ電話しておきながら、名は名乗ることができない、どこの者かも言えないとは、何たることをおっしゃりまんこのちぢれっ毛」

「まあ、お下品」女たちがけらけらと笑いこけた。

受話器の中で男が肝《きも》をつぶしたような声をあげた。「な、何だなんだ。今の笑い声は」

「なあに。今ちょっと、パーティをやっていてね」

「パーティだ」男はあきれたようにしばらく黙りこみ、やがてやぶれかぶれの大声をはりあげた。「お前ら気ちがいだ。死ね死ね死んでしまえ」

がちゃん、と、電話がきれた。

暢子がオードブルを盆にのせて部屋に入ってきた。

「さあ。おつまみがきました。もっと飲んでください。どんどん飲んでください」ほっとした顔の泥棒が、いささか狂躁《きょうそう》的な陽気さで女たちのグラスに洋酒をついでまわった。

「もう、だいぶいただきましたのよ」数杯のブランデーで顔を赤くした由香が、苦しげに胸を押さえ、しなを作って見せた。

「何よ。それくらいで」と、ぶっきらぼうに暢子がいった。「わたしも飲むわ。あんた、ついでよ」

「はいはい」泥棒は暢子のウイスキー・グラスにジョニー赤を満たした。

「さっきの電話、誰からだったの」ウイスキーをぐいとひと飲みにして噎《む》せもせず、暢子が泥棒に訊ねた。

「ああ。託児所の男が、間違えてかけてきてね」

「坊ちゃん、託児所に預けてらっしゃるの」と、とも子が暢子に訊ねた。

暢子がまた歌いだした。「迷子の迷子の子猫ちゃん」

「およしなさいおよしなさい」淑がとも子の腰を小突いてささやいた。「おノブはさっきから、坊やの話になると必ず変になっちゃうのよ」

「あっ。ステレオがある」と、泥棒が叫んだ。「レコードをかけましょうか」

「ご自分のお家なのに、ステレオがあることを今まで忘れてらしたの」意地悪く、由香がそういった。

淑が由香を睨《にら》んだ。由香は知らん顔をした。

「ながいこと、かけなかったものでね」泥棒は気にせず、ジャケットの背を見て踊れそうなロックのレコードを抜き出した。「踊りましょう踊りましょう。ぱあっと陽気にやりましょう。ぱあっと陽気に」

馬鹿でかいサウンドが部屋を満たすと、泥棒は、すでに酔っぱらってふらふらしている由香を無理やり立たせた。

「この曲、踊りにくいわねえ」ぶつぶつ言いながら、由香も踊りはじめた。

「大変。わたし酔ってきたわ」とも子が額を押さえた。「のどがかわいたから、水割りをがぶがぶ飲んだのがいけなかったのね」

「わたしも、眼がまわってきた」淑が、かぶりを振った。「チンザノでも、たくさん飲まされると酔うのね」

「何さ。なさけない」暢子はぐびぐびとウイスキーをストレートでのどへ流しこみ続けた。胃が焼けるように熱かった。全身が焼けただれてしまえばいい、と、彼女は思った。

部屋が暢子を中心にぐるぐるまわっていた。暢子の主人らしい男が、暢子の友人らしい女と踊っていた。踊りながら暢子の周囲をぐるぐるまわっていた。わたしの主人の職業は何だったのかしら、と、暢子は思った。寿司《すし》屋さんかしら。外科医だったかしら。刑労組の委員長をしていたのかしら。全国理容師協会会報の編集をしていたのかしら。刑事だったかもね。それとも関東レバニラ炒《いた》め愛好者連盟東京本部長だったかもしれないわ。遠くでけたたましい物音がしていた。その物音が次第に近づいてきた。淑が暢子に、何故かけんめいな表情で何ごとかを告げていた。そして何かを指さしていた。その指さきがさし示す方向に電話があった。けたたましい物音は電話のベルだった。立ちあがろうとして立ちあがれず、暢子はソファの上を電話の方へといざり寄り、受話器をとった。女の声が遠くでわめいていた。

「はいはい。あの、こちらは」暢子は自分の姓を忘れてしまっていた。やっと思い出したのは旧姓だった。「はいはい。こちらは思い出せないのでございますが」

「ちょいと。音楽をとめてあげたらどう」とも子がろれつのまわらぬ舌で叫んだ。「おノブが電話よ」

「かまうもんか」泥棒は由香とべったり抱きあい、チーク・ダンスをしていた。

由香は鬱血《うっけつ》して赤紫色の顔になり、鞴《ふいご》のような荒い鼻息をつき、ぐったりと泥棒にもたれかかっている。

「斑猫さん。斑猫さんですね」女が金切り声でそう叫んでいた。

暢子は受話器を耳にあてたまま、大きくうなずいた。「ああ。ああ。そうでしたわねえ」

「聞こえますか。聞こえますか。こちら浜田外科病院ですが」

そんな病院、知らないわ、と、暢子は思った。きっと夫の勤め先か取引先であろう、そう思った。「毎度ありがとうございます。あの、主人に替わりましょうか」

「えっ。ご主人がそこにおられるのですか」

「はい。チーク・ダンスをしております」

「もしもし」

「はいはい」

「あの、おたくのご主人という人がですね、お宅の近くの公園の前で、車にはねられて、こちらへ運びこまれて、今、あの、手あてをしておりますのですがね」

「まあ。お気の毒に。痛かったでしょうねえ」暢子はけたけたと笑った。「どうぞおだいじにね」受話器をもとへ戻しながら、主人じゃないわ、と、暢子は思った。車にはねられていながら、どうしてチーク・ダンスなんかできるものか。

「もう駄目。もう駄目」と、由香がいった。「気分が悪いわ。寝かせて、どこかへ寝かせて頂戴」

「そうですか。そうですか」泥棒が赤く濁った眼を好色そうに細め、舌なめずりをした。「じゃ、寝室のベッドでちょっと休みなさい。つれてってあげますよ。ほら。しっかりつかまって」由香の腰に片手をまわし、泥棒は彼女を応接室からつれ出した。

「あのふたり、どこへ行くのかね」とろんとした眼で見送り、とも子がいった。

「ああ苦しい。心臓が苦しいわ」額に手をあて、淑が呻《うめ》くようにそういって肱掛椅子の凭《もた》れに背を投げかけ、がくりと頭を前へ落した。

「だらしがないのねえ。誰も彼も」蒼白《あおじろ》い顔をした暢子だけが、ひとりでウイスキーを呷《あお》り続けた。

由香をベッドに寝かせた泥棒は、彼女の和服の乱れた裾へ欲望にうるんだ眼をちらと向けてから、彼女の帯に手をのばした。「苦しいでしょう。ね。帯をゆるめましょう。ね。帯をゆるめましょう。ゆるめてあげましょう。しかしながら、はて、この和服の帯というものは、だいたいにおいてどういう具合になっているのか」ちらちらと上眼遣《うわめづか》いに由香の顔をうかがった。

由香は眼を閉じ、口をだらしなく半開きにして、苦しげにうん、うんと唸《うな》っている。

「ええと。どこで結んであるのかな。ややこしいな。これは」ぶつぶつとそう呟きながら、泥棒はベッドの上にはいあがり、由香の足の上へ馬乗りになった。

「あ。痛いわ」由香が足を動かした。

彼女の和服の裾の乱れはますますはげしくなり、太腿が露出した。

「おっとっとっとっとっとっと」泥棒は重心を失ったふりをして上半身を倒し、由香のからだに抱きついた。

「うーん」うす眼をあけた由香が、いかにも苦しまぎれといった様子で、呻きながら泥棒のからだを抱き返した。

作者がまた二十八行削除しようとした時、ドア・チャイムが鳴った。だがその音は、情欲の疼《うず》きと血の滾《たぎ》りでずきんずきんと耳鳴りを起している泥棒と由香の耳には入らなかった。

「おノブったら。おノブ」とも子が睡魔と戦いながら、けんめいに力のない声を出した。「誰かいらしたわよ」

「わかってるんだけど」暢子はうるさそうにぼんやりとそういってから、突然決意したように勢いよく立ちあがった。そして二、三歩あるいた。歩くにつれ、彼女のからだが次第に横へ傾きはじめた。

とも子が悲鳴をあげた。「こっちへ倒れてこないで」

暢子はとも子の上に倒れた。暢子の額と、とも子の前頭部がはげしく鉢あわせをした。

「あいたたたたた」とも子は叫んだ。「倒れてこないでっていったのに」

「あなたが避ければいいじゃないの」

「からだがいうことをきかないんだもの」

淑は鼾《いびき》をかいていた。

暢子はとも子の顔を鷲《わし》づかみにして立ちあがり、ふらふらと歩きはじめ、しばしばドアや壁によりかかりながら玄関ホールに出た。

ドアを開けると、ポーチに立っていたのは地味な柄と仕立ての背広をきちんと着こなした中年の男だった。眼つきが鋭く、にこりとも笑わないので、私服刑事のように見えた。

「斑猫さんの奥さんですか」ややせきこんだ口調で、男は暢子にいった。暢子はその声に聞き憶えがあった。「いつもお電話でばかり失礼しております。わたしは斑猫君の課の課長で、小池と申します」ていねいに一礼した。「早速ですが会社のことで、非常に重大な、且《か》つ急を要する問題が起ったものですから、こうして、休日にもかかわらずお邪魔を」小池課長はのびあがるようにして暢子の肩越しに家の中を、いらいらとのぞきこんだ。「ええと。あの、斑猫君いますか」

　どう答えようか、と、暢子は考えた。まさか、自分の友人の女性と一緒に、もう十分以上も前から寝室に籠《こも》りっきりであるなどとはいえない。

「ちょっと、出かけておりますが」暢子は心配顔の小池課長にいった。「すぐ帰ってくると思います。どうぞおあがりください」

「そうですか。そうですか」あまりの不安に心ここにあらずといった様子で、小池課長はせかせかと何度もうなずいた。「では、待たせていただきます」

　応接室へ通された小池課長は、室内の乱雑さや、とも子と淑が酔っぱらって眠りこけているのも眼に入らぬ様子で、肱掛椅子の上におろした尻を落ちつかなげにもぞもぞと動かし続け、暢子が大きなグラスになみなみと注いでさし出したストレートのウイスキーを夢中でぐいと飲み、はげしく噎《む》せ返った。「げほげほげほ。ここ、これは酒」

「あら。お水の方がよろしゅうございましたかしら」暢子はけらけらと笑った。

「とても、じっと黙って斑猫君の帰りを待ってはいられない」小池課長は泣き出しそうに顔を歪《ゆが》め、からだをのり出して喋りはじめた。「それにこれは、おそらく奥さんにもご協力いただかねばならない問題だと思うし、いずれはあなたもお知りになることです。喋ってしまいます。じつは斑猫君は、会社の金を一千万円ばかり使いこんでいたのです」

当然だわ、と、暢子は思った。そうでなくてどうしてこんないい家が建てられるだろう。あとで夫にいや味を言ってやらなくちゃ。あなたは自分の甲斐性をことごとにひけらかしていたけど、実力のある甲斐性じゃなかったわけね。そうだわ。そう言ってやるわ。ええ。言ってやりますとも。でも、今わたしの眼の前にいるこのひとは、どうして夫の問題を、まるでわたしの問題ででもあるかのような言いかたで喋るのだろう。わたしにはわたしの問題が別にあるかもしれないってことが想像できないのね。貧すりゃ鈍すだわ。もちろんわたしには、問題なんて何もないんだけど。

「あ。いやいや。ご心配なく。まだ警察へ届けたというわけではありませんから」平然としている暢子を見て、茫然《ぼうぜん》自失の状態に陥ったと思い違えたらしい小池課長は、気絶でもされては面倒とばかり、あわててそうつけ加えた。「今のところ、このことを知っているのはわたしだけなのです」しばらく喋りかたを考えてから、彼は順を追って話しはじめた。「じつは昨夜わたくし、ひとりで残業をいたしました。いや。最近は残業をしてくれるという課員がなかなかおりませんので、忙しい時期には課長のわたし自らが残業をしなくちゃ追いつかんのですよ。まったく近ごろの若い社員は、などということは、まあ、どうでもいいのですが、とにかくそういうわけで帳簿の整理をしているうち、ふと、数字が合わないことに気がつき、そいつをもっと詳《くわ》しく調べようとしましたら、すでに深夜に近くなっていたものですから、早く帰らないと、ウィークエンドだというのに遅く帰ったというのでまた家内と子供たちにいたぶられますから、わたくし、関係書類と帳簿数冊をかかえて家に戻りましたのです。昨夜は湿っておりました。はあ。何もかも湿っておりまして、夜食のあと籠《こも》った書斎も湿っておりました。調査を始めまして、徹夜をしまして、何もかもがわかったのはつい先ほど、はあ、昼前でした。朝飯と昼飯は食いませんでしたが、それは咽喉《のど》を通らなかったからです。斑猫君が使いこみをしていたという事実は、わたしにとってショックでした。まことにショックでした」彼は沈黙を続けている暢子の顔色をうかがった。「どうして斑猫君が使いこみをしていたと断言できるのか、他のひとがしたという可能性もあるのではないかとなぜお訊ねにならないのですか。うちの主人に限ってそんなことをする筈がないと、どうして大声で弁護なさらないのですか」

「いいえ」暢子は平然としてかぶりを振った。「あなたがそうおっしゃるのですから、そうに違いありませんわ。そうじゃないといって抗議するためのなんの証拠も、わたしは持っていないのですからね」

「はあ。そうですか」小池課長はちょっと気抜けしたように、しばらくぽかんと暢子の顔を眺めていたが、やがて椅子の上で数十センチとびあがった。「あっ。それだけではないのです。その上斑猫君は、その使いこみが課長であるわたしの諒解《りょうかい》のもとにおいてなされたかのような伝票上の操作をしていたのです。つまり斑猫君はわたしの信用を利用して、彼にまかせてあった決裁書類にわたしの印鑑を用い、彼ひとりではとてもできなかった犯行であるとひとに思わせるような小細工を弄《ろう》して犯行を重ねていたのです。な、なな、なんたる老獪悪辣《ろうかいあくらつ》、非情狡猾《こうかつ》、陰険卑劣、厚顔悪質、奇ッ怪陋劣《ろうれつ》なことをするやつだ」がん、とテーブルを叩《たた》いてから小池課長はまっ黒に汚れたハンカチで額の汗を拭《ふ》いた。「これは、奥さんを前にしてとんだ失礼を」

「それくらいのことは、当然するでしょうね」ますます蒼白く冴《さ》えた顔色で、暢子はうなずきながらウイスキーをごく、ごくと飲んだ。「頭がいいんですもの。夫は」

がぶがぶがぶ、と、今度は噎《む》せもせずにウイスキーを飲み乾してから、小池課長は立ちあがり、室内を歩きまわった。「もし金額の不足が月曜日の会計監査で判明したら、わたしが責任をとらなきゃならない。それまでに、なんとかして一千万円を都合し、穴埋めしておかなければ。ああ。ああ。ああ。しかしわたしにはそんな金はない。銀行と交渉して用立ててもらうにしても、今はもう土曜日の午後だ。月曜日の朝から銀行へ行ったのでは間に合わん。もし斑猫君が今日明日中にその金を返してくれるか、もし使ってしまっていた場合でも、なんとか工面してくれない限り」彼は髪を掻《か》きむしって叫んだ。「わたしはおしまいだ。おしまいだ。おしまいだ」

「もう、おしまいなの」と、由香がややしらけた顔で泥棒に訊ねた。「おノブとわたし、どっちの方がよかった」

「そりゃあもう、あんたの方がよかった。ずっとよかった」泥棒はくすくす笑いながら由香の白い喉《のど》をこちょこちょとくすぐった。「毛がよかった」

由香は優越感に満ちた表情で勝利の吐息《といき》を洩《も》らし、満足げに喉をごろごろと鳴らした。

「そう。おノブは駄目なのね」

「そりゃもう、あんな、おノブなんて女は」つりこまれてそういってから、泥棒はあわてて言いなおした。「いやその、おれの女房なんてものは、あんたに比べりゃぜんぜん」

由香が、にっと笑って見せた。「胡麻化さなくていいの。あなたがおノブの旦那じゃないってことぐらい、わたし、とっくに知ってるんだから」

顔色変えて泥棒は由香のからだから身をひき離した。「何。そりゃどういう意味だ」

その時、ドア・チャイムが鳴った。その透明感のある音が、今度は泥棒にも聞こえた。

「わっ。誰だだれだ誰だ」泥棒はとび起き、下半身まる出しのままで寝室の小さな磨《す》りガラスの窓をそっと開くと顔半分だけ出し、玄関のポーチをうかがった。

警官の制服が見えた。

「くそ」羅刹《らせつ》の顔になった泥棒が由香を振り返って睨みつけた。「計りやがったな」

「ど、どうしたのよ」その表情におびえた由香が、乱れた和服の衿《えり》もとを重ねあわせながらベッドの片側へと泥棒からわが身を遠ざけた。「そんな、こわい顔して。ご主人が帰ってきたの。いいじゃないの。現場を押さえられたわけじゃなし、わたしの主人だとでもいうことにして胡麻化せば」

「しらばっくれるな」泥棒は由香の方へのしかかるように近寄った。「示しあわせて、おれを応接室の電話の近くから遠ざけやがったんだ。こ、こ、この娼婦《しょうふ》め。色仕掛けでおれを寝室へつれこみやがった。その隙《すき》にあの女が警察へ電話しやがったんだ」いそいでズボンをはきながら、泥棒は毒づいた。「海千山千の女仕掛人どもめ。寄ってたかっておれを嬲《なぶ》りものにしやがった。この善良な泥棒のおれさまを」

床から短刀を拾いあげた泥棒を見て、はじめて彼の正体を知った由香が動顚《どうてん》し、悲鳴をあげた。「ひいっ。それじゃあなたは、あの、あの。きゃあっ。強盗」

「わっ、黙れ」由香の大声で泥棒はあわてふためき、拾いあげたばかりの短刀を一閃《いっせん》させ由香の喉笛《のどぶえ》にずぶ、と、突き刺した。

由香は一瞬眼を見ひらき、狐《きつね》の顔になり、怪訝《けげん》そうな表情をした。どうやら自分はこの場で死ぬらしいのだが、それは本当だろうかと疑っている顔であった。それから驢馬《ろば》の顔をした。なぜ自分が死ななければならないのか、どうしても合点がゆかぬといった顔であった。コヨーテの顔になった。こんなややこしい立場のままで死ぬことを面白がってでもいるかのような顔であった。最後に白痴の顔をした。どうせ死ぬんだから、あとのことはどうでもいいと思ったらしかった。

「大変だ。またやっちまった。今度捕まったら死刑だ」

泥棒が短刀を由香の喉から抜こうとした。由香の頭が白痴の表情をしたままでぐらりぐらりと短刀の動きにつれて前後に揺れた。短刀はなかなか抜けなかった。

「この短刀を抜かないと、足がつく」

泥棒は由香の顔を両手で鷲《わし》づかみにしてぐいと押し、同時に短刀を引いた。短刀が抜け、由香の喉の傷口から鮮血と一緒に勢いよく洩れ出た空気が、か弱い音でぴいと鳴りはじめ、いつまでも尾をひいた。

しつこく鳴り続けるドア・チャイムに、ふらふらしながらふたたび応接室を出て玄関ホールから三和土におり、ドアを開けた暢子は、警官に付き添われて佇《たたず》んでいる茂の姿をそこに発見した。

「茂」眼を見はった。現実感の稀薄《きはく》だった彼女の意識に、今朝から今までの出来ごとすべてが一連の脈絡を伴って蘇《よみがえ》った。「茂」暢子は息子の柔かいからだを力いっぱい抱きしめた。彼女の頰を涙が伝った。「あああ。茂。茂。茂」

「海岸沿いの国道で泣いておられましたので、服についている迷子札の住所を見ておつれしました」と、中年の生真面目そうな警官が横から言った。「なお、お子さんは正体不明の変な男に伴われて所在地不明の場所へ行き、そこに於《お》いてしばらくは軟禁状態にあったという意味のことを話しておられましたが、これは本官の考えますところ、一種の誘拐ではなかったかと思われます。お宅へは、脅迫電話その他、犯人からの連絡はありませんでしたか」

「おじちゃんが、もう帰れといって、ぼくを車からおろして、どこかへ行っちゃったの」茂も母につられて泣き出しながらそういった。「ぼくはお金にならないんだってさ。ああん」

「よく帰ってきたわね。茂」歓喜に満ち、暢子はそう叫んだ。「ほんとに、よく帰ってきてくれたわ」

「えっ。斑猫君が帰ってきたんですか」

彼女の声を聞きつけ、ドアが開かれたままの応接室からとび出してきた小池課長は、ちょうど寝室からしのび足で出てきて台所から裏庭の方へこっそり遁走《とんそう》しようとしていた泥棒と、廊下のまん中で顔をつきあわせてしまった。

「やっ。畜生畜生。刑事まで来てやがる」やぶれかぶれの大声をはりあげ、逆上した泥棒は小池課長の右肺に短刀を深ぶかと突き立てた。「かかかか勘弁しろ。おれは捕まるわけにはいかんのだ」

裂けるほど口を開き、小池課長は高だかと断末魔をうたいあげた。

「あの声は」警官が靴のままホールに駈けあがった。

廊下では泥棒が、小池課長の胸から短刀を引き抜こうとして四苦八苦していた。

「その男のひとを捕まえてください」警官の背後で暢子が叫んだ。「強盗です」

泥棒は短刀をあきらめ、小池課長のからだをつきはなして廊下を奥へと駆け出した。その勢いに煽《あお》られて小池課長は二度きりきり舞いをし、応接室の中へ俯伏《うつぶ》せに倒れこんだ。突っ立ったままだった短刀が、その切っ先で背広の背中をピラミッド状に盛りあげた。小池課長はカーペットをばりばりと搔きむしり、げほげほと咳《せ》きこみ、血を吐き、放庇《ほうひ》し、絶命した。

泥棒が奥へ駈け出すと同時に警官は、拳銃《けんじゅう》に手をやりながら大声で警告した。「とまらんと撃つぞ」

泥棒は立ち止まらなかった。

警官は威嚇《いかく》射撃をしようとして引き金を引く途中、銃口をどこへ向けてもこの綺麗な家のどこかに傷がつくと判断した。泥棒が逃げて行く廊下の行きどまりはヴェランダのガラス戸だった。ガラス戸なら割れても取り替えがきく、と、この苦労人の警官は咄嗟《とっさ》に判断した。彼はヴェランダに向かって発砲した。

だが、銃弾は廊下からヴェランダに走り出た泥棒の腹部を背中から鳩尾《みぞおち》へと貫通した。泥棒はそのまま走り続けてヴェランダのガラスをぶち壊し、庭へ駈けおりて芝生を横切り、つつじの植込みに突入し、枝に足をとられてぶっ倒れ、口いっぱいに土を頰張った。彼の右眼はつつじの枝で刺し貫かれた。彼はさっきの由香との行為を懐しんでいるかのように尻を二、三度上下させてから、大きく息を吸いこもうとして口に頰張った土のためにそれができず、眼を見ひらいたままで死んだ。

「しまった。撃ってしまった。ええい。しまった」警官がいそいでヴェランダのガラス戸を開け、庭へ出て泥棒のからだを仰向けにした。「やあ。駄目だ。もう死んでる」

「何だなんだ。今の音は」頭を包帯でぐるぐる巻きにし、肩から右腕を吊《つる》した章が、銃声に驚いて玄関からとびこんできた。

「あなたあ」暢子は悲鳴のような声を出し、章に抱きついていった。

妻に抱きつかれた章は腕の痛みに耐えきれず、絶叫した。「あいてててててて」

「あっ、ご免なさい。まあ、あなた。いったいこの怪我はどうしたの」

「病院から電話がなかったか」

「そういえば、あったわ。でも、友達三人とパーティをやっていたので、よく聞こえなかったの」

「公園の前で車にはねられたが、さいわい軽い脳震盪《のうしんとう》と腕の骨折ですんだ。それより、今の銃声はなんだ」

廊下から、眼を丸くして茂が駈け戻ってきた。「大変だよ。警官のおじちゃんが泥棒をピストルで撃ち殺しちゃったよ」

「なに。泥棒だと」

「EEEEEEK」

応接室で、とも子と淑の悲鳴があがった。銃声で眼が醒《さ》め、小池課長の死体を見て仰天したのである。

あたふたと、庭から警官が戻ってきた。「電話はどこですか」

廊下へとび出してきたとも子と淑が、顫《ふる》えながら応接室内の電話を指さした。

「これは泥棒じゃない」応接室をのぞきこんだ章がたまげて大声を出した。「これは小池課長だ。いったい何をしに来たんだ」

「遊びに来られただけ」暢子が間髪を入れずそう言って夫を安心させた。

警官が本署へ電話で応援を求めていた。「そうであります。客がひとり殺害されました。刺殺であります。泥棒は、本官の撃った弾丸の当り所が悪く、死亡いたしました。そうであります」

「由香はどこ」とも子がいった。「さっき応接室から出て行ったのよ」

「酔っぱらって、苦しがっていたわ」と、淑がいった。「寝室じゃないかしら」

章が寝室のドアを開け、ベッドの上の由香を見ておっと叫んだ。「殺されてるぞ」

暢子はいそいで茂の眼を手で覆った。「見ちゃいけません」

「なんだと。死体がもうひとつあるのか」警官が眼を丸くして寝室をのぞきこんだ。

「あの殺人狂の強盗め」

「強盗だったのね」とも子と淑が顔を見あわせた。

「この人はお前の友達か。大変なことになったな」章は立ちすくんでいた。「なぜこのひとだけが殺されたんだ」

「由香が、わたしたちの身替りになってくれたのよ」とも子がわっと泣き出した。「由香が犠牲になってくれたので、わたしたち、無傷ですんだのね」

「強姦《ごうかん》されている」由香の死体を調べて、警官がそう叫んだ。

「おい。暢子。お前は何もされなかったのか」章が暢子の肩に手をかけ、気遣わしげに訊ねた。

「暢子さんの貞操なら、わたしたちが保証します」淑がきっぱりとそう言った。「わたしたちには、何もしなかったわ。あの泥棒」

暢子は章の骨折した腕に気をつけながら、ゆっくりと、愛する夫の胸に顔を埋めた。いままで張りつめていた精神と、緊張していた肉体の、その両方がこの一瞬にすべて溶け、涙になって流れはじめたかのように、彼女はまた、あらためて泣いた。泣きながら片手で茂を抱き寄せた。親子三人がしっかりと抱きあった。

これでいいのだわ、何もかも、と、暢子は思った。子供は無事に戻ってきた。夫も生きていてくれた。泥棒に強姦されて踏みにじられたわたしの貞操の傷は誰にもわからないですむだろう。相手の泥棒は死んでしまった。だからわたしが泥棒とのセックスを充分楽しんだことも、夫には知られずにすむ。とも子と淑が何か勘づいているかもしれなかったが、この二人なら黙っていてくれるだろう。いちばん口の軽い由香は殺されてしまった。夫がやった会社の金の使い込みは、すべて殺された小池課長がやったことになってしまう。罪を全部小池課長に背負わせればいい。由香のご主人と、小池課長の家族と、泥棒のデブの奥さんは嘆き悲しむだろうが、そんなこと、わたしには関係がないわ。わたしはわたしの家族が無事でありさえすればいいのよ。そうですとも。わたしにとっては、何もかも、これでもと通りなんだわ。

遠く海岸通りの方から、パトカーのサイレンが次第に近づいてきた。

解説

景山民夫

筒井康隆サンの小説は、すべて初版本で持っている、というのが僕の秘《ひそ》かな自慢のひとつである。「東海道戦争」も「ベトナム観光公社」も、ハヤカワ・SF・シリーズのペーパーバックで僕の本棚に並んでいる。どちらもボロボロである。古本屋で買ったからではない。高校生の時に、先に〝ベッカンコウ〟を手に入れ、次にあわてて〝東海道…〟を買って、破れるまで繰り返して読んだのだ。

大学生時代は、小説といえば何をおいても筒井康隆、であった。他の作家の作品も、勿論《もちろん》読んではいるのだけれど、書店に行くとまず「ツツイは無いか、ツツイの新刊は出てないのか、ええいそこの平積みの台の前で落合恵子《おちあいけいこ》のレモンちゃん本を立ち読みしている馬鹿女め道をあけろ！　ツツイ大先生の御本が見えないではないか。あ！　どこの阿呆《あほう》だ『48億の妄想』の上に『続・英語に強くなる本』なんぞをのっけて帰ったのは。この本屋の親爺《おやじ》は白痴か魯鈍《ろどん》か人非人か、なんだって棚でツツイ先生の隣に同じTで始まるからといってタコアキラなぞを並べるんだ。〝頭の体操〟とは本当はツツイ先生の小説のようなもののことを言うのだぞ。ええい頭《ず》が高い頭が高い下りおろうオッチャンこの『心理学・社怪学』下さい」というような生活をしていたのである。つまり、僕にとっての筒井康隆は神であり父であった。キリストがまだ生きていた時代に、シナイ山の麓《ふもと》あたりで泥だらけのジーザスの足をペロペロ舐《な》めながら「おお、私はあなたの子供です」といった事をわめいていたユダヤ人の先祖のごとき意味で、ツツイは僕の父なのである。（編集部注　実際には、キリストがシナイ山の麓で伝道をしたという記録及び、ユダヤ人の先祖がキリストの足を舐め「私は、あなたの子供です」と叫んだ記録はない。）但し、僕は何度か飲み屋でお目にかかったことのある筒井サンの足を、おそらくはイタリア製高級牛革であろうと思われる靴を脱がして舐めたことはない。何となく親指と人さし指の間の股《また》の付け根が塩っぽそうな感じがしたからである。

現在の自分を形成してくれたのは、筒井サンの小説群と、そして何百本かの映画と何百冊かの漫画であると断言出来る。ブラッドベリにもサリンジャーにもブローティガンにもアプダイクにもボネガットにも影響は受けているのだけれど、父と呼べるのは唯《ただ》一人、筒井サンだけなのである。僕は筒井康隆を父として生まれ山上《やまがみ》たつひこを兄に持ち（年は僕の方が上だけど、そこはそれタイムパラドックスの成せるワザですよ）大友克《おおともかつ》洋《ひろ》を近所の知り合い（物理的な意味ではございません）に、モンティ・パイソンを外国に住む親類に、マルクス兄弟を御先祖様に持って現在に至っているのである。文句あるか。ある奴《やつ》がいたら表へ出ろ。表へ出てタクシー拾って帰っちまえ。その他に青島幸男《あおしまゆきお》サンという存在があるが、これは筒井サンがキリストであり兵庫県という想像もつかぬ程遠い地に住んでおられるのに対し、中野《なかの》ブロードウェイという我家から電車で18分の距離にお住いのうえ同じテレビ業界にいたことのある方だから現人神《あらひとがみ》なのであって、ちょと意味が違う。違うんだからしょうがねえじゃねえか。文句あるなら表へ出ろ。俺は中から心張り棒かっちまわあ。

筒井康隆に魅《ひ》かれたのは、日本の小説で初めてスラップスティックをやってくれた、という点によるところが大きい。「48億の妄想」の、「東海道戦争」の、戦闘シーンのスラップスティック化にはびっくりした。こんな文章を書く人がいるのかと思った。こんな風に書くのが〝アリ〟なのかと思った。こんな風に書けば本来はサイレントの映像でのみ成立していたものが文字で表現出来るんだな、とガキながら目からウロコと文学に対する先入観が落ちた。本書に収録されている作品の中でも、文章によるスラップスティックはたくさんある。〝「蝶《ちょう》」の硫黄島〟の戦闘シーンがそうで、〝旗色不鮮明〟の爆弾シーンがそうで、〝モダン・シュニッツラー〟は全編がそうで、〝さなぎ〟はスラップスティックと兄弟の関係にあるシュール・レアリズムの世界だし、〝ウィークエンド・シャッフル〟に至っては題名からしてそれを連想させる。

こんな小説を書いた人は、縄文式時代からこっち日本にはいなかった。

もうひとつ、僕が魅力と感じるのは、同時性、及び同時代性である。小説家というのは自らの体験したことを題材にすることが多いのだが、筒井康隆ほど、それが同じ時代に生きている読者に〝ああ、この人はあの時あそこでこうしてたんだな、その時、俺はここでああしてたんだよな〃と思わせる人も少ない。本書の〝旗色不鮮明〃を「腹立ち半分日記」と合わせて読むと、そのあたりが実によく分る。

セックスを笑いの対象にしてしまう、というのは、実は大衆の日常レベルではよくあることで、千葉の漁師の女房たちの井戸端会議や、工事現場の昼休みの土方の会話などに顕著なのであるが、それを文学にまで高めたのも、江戸時代の戯作者《げさくしゃ》以降では筒井康隆なのではないだろうか。宮武外骨《みやたけがいこつ》は、どちらかというと文章よりもビジュアルな面でセックスを笑いの対象にしていた。筒井康隆は文字でやった。〝弁天さま〃がその好例である。

とにかく、筒井サンから僕が教わった最大のことというのは〝世の中、ちゃんと徹底してやるんだったら、やっちゃいけないことってのは何も無いんだよ〃という精神であって、それは同時に〝先人はああやっているからといって、なにもその通りにやらなきゃいけない必要なんかなーんにもないんだぜ〃という意味をも持つのである。さー本気で無茶苦茶やりましょうぜ！　と、マルクス兄弟は言ったのだが、その時代にはまだ生まれていなかった僕は、筒井康隆によって初めてその精神、ワクをとっぱらった時に本当の自己表現が出来るんだ、という思想を与えられたのだ。そのおかげで、ずいぶんと無茶苦茶なテレビ番組を作ることが出来たし、局やスポンサー、視聴者から「非常識である」という抗議を頂くごとに、書斎にこもってドアに鍵《かぎ》をかけては初版の筒井作品本を再読し「ホーラ見ろ、文学の世界でこんなことをやってる人がいるんだから俺だってテレビでやっていいんだい」と自分に言いきかせて生きてきたのである。やはり、筒井康隆は僕の今日をあらしめる上で、神であり父である。お父さん、遺産なんぞは頂こうとは思いません。その分、お父さんの生み出された作品が充分に僕の血となり肉となり毒となっているのですから。ただ、もっともっと吸収させて下さい。それが父としての貴方《あなた》の義務であり権利です。吸収したものは、こっちも一度消化した上で、きっと吐き出してみせますから。いや、本当に筒井サンというのは、僕が父に選んだだけあって大変な人なのである。あれで芝居さえやらなければ、足の指だって舐めてみたいのだがなあ。

本書は一九八五年十二月に刊行された角川文庫『ウィークエンド・シャッフル』を底本とし、『筒井康隆全集』新潮社刊（一九八三年四月～八五年三月）を参照しています。
本書中には、白痴、気が違う、おかま、精神異常、気ちがい、魯鈍といった、現在では差別的と思われる語句、並びに、今日の人権意識に照らして不適切と思われる表現がありますが、作品執筆当時の時代背景や文学性を考慮しそのままといたしました。

（編集部）

ウィークエンド・シャッフル

筒井康隆《つついやすたか》

昭和60年 12月10日　初版発行
平成30年 12月25日　改版初版発行
令和 6 年 12月10日　改版 5 版発行

発行者●山下直久

発行●株式会社KADOKAWA
〒102-8177　東京都千代田区富士見2-13-3
電話　0570-002-301（ナビダイヤル）

角川文庫 21354

印刷所●株式会社KADOKAWA
製本所●株式会社KADOKAWA

表紙画●和田三造

●お問い合わせ
https://www.kadokawa.co.jp/（「お問い合わせ」へお進みください）
※内容によっては、お答えできない場合があります。
※サポートは日本国内のみとさせていただきます。
※Japanese text only

ISBN 978-4-04-107581-4　C0193

角川文庫発刊に際して

角川源義

第二次世界大戦の敗北は、軍事力の敗北であった以上に、私たちの若い文化力の敗退であった。私たちの文化が戦争に対して如何に無力であり、単なるあだ花に過ぎなかったかを、私たちは身を以て体験し痛感した。西洋近代文化の摂取にとって、明治以後八十年の歳月は決して短かすぎたとは言えない。にもかかわらず、近代文化の伝統を確立し、自由な批判と柔軟な良識に富む文化層として自らを形成することに私たちは失敗して来た。そしてこれは、各層への文化の普及滲透を任務とする出版人の責任でもあった。

一九四五年以来、私たちは再び振出しに戻り、第一歩から踏み出すことを余儀なくされた。これは大きな不幸ではあるが、反面、これまでの混沌・未熟・歪曲の中にあった我が国の文化に秩序と確たる基礎を齎らすためには絶好の機会でもある。角川書店は、このような祖国の文化的危機にあたり、微力をも顧みず再建の礎石たるべき抱負と決意とをもって出発したが、ここに創立以来の念願を果すべく角川文庫を発刊する。これまで刊行されたあらゆる全集叢書文庫類の長所と短所とを検討し、古今東西の不朽の典籍を、良心的編集のもとに、廉価に、そして書架にふさわしい美本として、多くのひとびとに提供しようとする。しかし私たちは徒らに百科全書的な知識のジレッタントを作ることを目的とせず、あくまで祖国の文化に秩序と再建への道を示し、この文庫を角川書店の栄ある事業として、今後永久に継続発展せしめ、学芸と教養との殿堂として大成せんことを期したい。多くの読書子の愛情ある忠言と支持とによって、この希望と抱負とを完遂せしめられんことを願う。

一九四九年五月三日